雨花忠魂 雨花英烈系列纪实文学

长虹祭

陈处泰烈士传

李洁冰 著

江苏凤凰文艺出版社

图书在版编目（CIP）数据

长虹祭：陈处泰烈士传 / 李洁冰著. -- 南京：江苏凤凰文艺出版社，2022.8
（雨花忠魂：雨花英烈系列纪实文学）
ISBN 978-7-5594-6646-4

Ⅰ.①长… Ⅱ.①李… Ⅲ.①纪实文学 – 中国 – 当代 Ⅳ.①I25

中国版本图书馆 CIP 数据核字 (2022) 第 044336 号

长虹祭：陈处泰烈士传

李洁冰 著

出 版 人	张在健
责任编辑	傅一岑
封面设计	马海云
责任印制	刘 巍
出版发行	江苏凤凰文艺出版社
	南京市中央路 165 号，邮编：210009
网　　址	http://www.jswenyi.com
印　　刷	南京新洲印刷有限公司
开　　本	880 毫米 ×1230 毫米　1/32
印　　张	5.875
字　　数	158 千字
版　　次	2022 年 8 月第 1 版
印　　次	2022 年 8 月第 1 次印刷
书　　号	978-7-5594-6646-4
定　　价	32.00 元

江苏凤凰文艺版图书凡印刷、装订错误，可向出版社调换，联系电话 025-83280257

"雨花忠魂·雨花英烈系列纪实文学"丛书编委会名单

张爱军　徐　宁　邢光龙

万建清　毕飞宇　汪兴国

鲁　敏　高　民　邵峰科

青春多壮志　热血谱华章

中共江苏省委书记、省人大常委会主任　吴政隆

英雄是民族最闪亮的坐标。翻开我们党一百多年非凡的历史篇章，一代又一代中国共产党人以"为有牺牲多壮志，敢教日月换新天"的英雄气概，为国家富强、民族复兴、人民幸福甘洒热血、奉献生命，谱写了一曲曲感天动地的英雄壮歌。南京雨花台，是新民主主义革命时期共产党人集中殉难地，在这里英勇就义的革命烈士留下姓名的就有1519名。他们正值青春年华，大部分出生于富裕家庭、受过高等教育，牺牲时平均年龄不到30岁。他们用鲜血浇灌理想、用生命捍卫信仰，留下了气壮山河、彪炳史册的事迹，展示了中国共产党人的崇高理想信念、高尚道德情操、为民牺牲的大无畏精神，在中华民族伟大复兴的历史征程中树立起不朽的精神丰碑。

习近平总书记指出，"对中华民族的英雄，要心怀崇敬，浓墨重彩记录英雄、塑造英雄，让英雄在文艺作品中得到传扬，引导人民树立正确的历史观、民族观、国家观、文化观"。中共江苏省委宣传部和江苏省作家协会组织创作的"雨花忠魂·雨花英烈系列纪实文学"丛书，以文学的形式记录英雄、礼赞英雄，讲述了朱杏南、周镐、赵景升、胡廷俊、陈处泰等雨花英烈的革命事迹，让我们

透过文字穿越历史，感受先烈们舍家弃业只为"寻找光明而快乐的路"的不灭信仰，感受先烈们"打断了双腿，也打不断共产党人坚强意志"的不屈灵魂，感受先烈们慷慨赴死"只求换得光明"的不朽精神，具有重要的历史见证价值、文明传承价值和思想教育价值，也为党史学习教育常态化长效化提供了生动教材。

在江苏这片深深浸染先烈鲜血的红色热土上，全省人民牢记习近平总书记的殷殷嘱托，坚决扛起"在改革创新、推动高质量发展上争当表率，在服务全国构建新发展格局上争做示范，在率先实现社会主义现代化上走在前列"的光荣使命，奋力谱写"经济强、百姓富、环境美、社会文明程度高"新江苏现代化建设新篇章。 新的征程上，我们要坚持用习近平新时代中国特色社会主义思想武装头脑，大力传承弘扬雨花英烈的精神风范，用英雄的火炬照耀前路，将使命化为担当，将责任化作奉献，在先烈先辈们用生命和鲜血开辟的道路上不懈奋斗、永远奋斗，奋力书写无愧于时代的壮美篇章，这是对英烈最好的告慰。

天地英雄气，千秋尚凛然。 雨花英烈永垂不朽！ 雨花英烈的精神风范将永远铭记在我们心中！

是为序。

目　录

001	引子
004	一
004	1. 逃婚
012	2. 同窗
017	3. 抗争
020	4. 缉捕
030	5. 重逢
039	6. 社联
046	7. 联袂
057	二
057	8. 周旋
067	9. 潮头
081	10. 播火
089	11. 意外
098	12. 囹圄
105	13. 雾霭
113	三
113	14. 抚孤
123	15. 新生
129	16. 同途

136	17. 见证
143	18. 承传
150	19. 丰碑
155	后记　英烈故里话当年

164	**附录**
164	一、陈处泰烈士年表
165	二、亲友回忆及烈士相关认证材料（摘录）
175	主要参考文献

引子

这是一个特殊的地方,这里有一种特别的气场、别样的感觉。肃穆,萧然。车流、尘嚣,众声喧哗、滚滚红尘,均与这里无关。这是个洗心的地方。在这里,大声地说笑,无端地奔跑、嬉戏,似乎都不合适。最适宜的,是慢慢地行走,是冥想、沉思。这时候,思绪游弋,往事沓来。一切拉近,又飘远。唯有一缕余绪,伴着音乐,在耳边萦绕、徘徊,间或飞去九霄之上。举目四望,是一片阔大的天空;再看远处,一片空蒙。阳光却如箭镞一般刺破雾霾,从厚重的云堆后面，迸射出几道金色的光焰，将大地瞬间映得一片通透……

时至深秋，树叶已经开始泛黄。几株伟岸的松柏，却依旧擎一身苍郁的浓绿，挺立在丛林间，有风过时，林涛呼应，发出一阵瑟瑟的动静。这声音，这氛围，连同耳边回旋的低回之乐，如此契合。天空细雨霏霏，风有些寒凉。时值国庆日，雨花台烈士陵园主景区前的雨花池被一道巨大的红蓝屏障围起来，里面隐约可见施工者们忙碌的身影。为了迎接十九大，陵园正在进行院馆修缮。三三两两的游人，在那里慢慢踱着步子。

一队身着迷彩服的士兵扛着旗帜，正排着整齐的队列等候宣誓。草坪与广场之间，一泓碧水，静卧向天。

庄严的纪念碑前，绿草簇拥出两个巨大的美术字：思念。万千情愫尽在其中。依旧是那首熟悉的音乐在林间飘荡，不徐不缓，凝重、低沉，是适合在这里播放的曲子。

一座具有标志意义的雕塑，伫立在高远的天空之下。

烈士，从字面上诠释，就是为了正义事业而牺牲的人。简短的两个字背后，掩抑着多少大时代背景下生命个体的不凡轨迹。那是一群大写的人，以思想、智识脱颖于芸芸众生的人，一群立志解民倒悬、甘愿奉献血肉之躯的人。

每个看似普通的名字，都会牵引出一部波澜壮阔的历史。

南京雨花烈士纪念馆资料阅览室。一台电脑，一杯茶，一张工作台。陈处泰，这位红色英烈的翔实资料，在视野里变得如此切近。透过那些毛边的纸页、发黄的图片、一行行的大事记、老旧的房屋、用过的钢笔、赭红面皮的笔记本、英文版的《资本论》，似乎能看到那个叫陈处泰的青年革命者，正一步步走来。

他天庭饱满，双目炯炯，面容敦厚。他在秉烛夜读，在疾书；他穿着工装裤，在工厂，在街头，和许多满身油腻、眼睛里却充满渴望的工人们一起讨论时事，憧憬着未来新中国的光明……还有，那些上海左翼联盟的机关刊物《红旗》《播火》《呐喊》，一摞摞地堆放在桌子上、地面上，散发着一股清新的墨香；一段段直抒胸臆的凌厉文字，无不带着那个时代鲜明的特征。

"用自己的汗谋自己的生，用我们的血救我们的国！"

老式的铅印字，粗粝、简朴、力透纸背。透过字迹，眼前似乎见到：一支支街头游行的队伍，伴随着振臂疾呼的声音渐行渐近；更多写满民众诉求的传单穿透铁幕一般的阴霾，雪花似的从天空飘落，纷纷扬扬……仿佛穿越了时空，穿越隆隆的炮火，将八十年前的一切徐徐打开，让我们不由自主地身心俱融，去感受那段不寻常的岁月……

一

1. 逃 婚

让我们把光阴的指针拨回到八十多年前。翻开发黄的文牍，或者典籍长卷，就会不约而同地发现，有一个主题，曾经在古老的中国大地上反复出现过，并且在戏剧、影视和文学作品中被不断诠释和演绎。所不同的，只是星移斗转，时代及地域的帷幕不断更换罢了。

这个主题就是，逃婚。

1927年腊月的一个早晨，古城宝应贾家巷，陈家大院。

朦胧的曙色里，一对高悬在门

楣上的红灯笼飘飘荡荡，在薄雾中散发出迷离的光晕。这时候，早起的人们已经在街面上走动了。陈家老宅门前，红红绿绿的鞭炮屑零乱地散落在地面上，这是头天晚上婚事庆典遗留的痕迹。

宝应老画师陈务人的长房长孙陈处泰，与镇上开典当铺的金家长女金书结百年之好。这在古运河边的水乡小城宝应，已经是遐迩皆知的事情。头天晚上，前来道贺的人一拨接着一拨，众声喧哗，直到夜阑时分，宾客才陆续散去。

这时候，天还没有完全亮。晨曦中，小镇街巷深处的市井之声却渐次响起来。少顷，陈家老宅的门"吱呀"一声被推开了。老画师陈务人率家族一众长辈盛装出场，依次在中堂正厅里团团坐定，按照宝应当地的民间礼俗，只等新婚小夫妻前来献茶，行跪拜礼。

在宝应，陈家是族风谨严的书香门第，先祖可溯源至明初"三近堂"。陈务人是宝应县城人，清末廪生，书画家。他先练工笔，后改练泼笔，在水法上颇见功夫，特别擅长花卉翎毛，所作书画淡泊与雄浑互见；亦工书法，长于行草，笔力遒劲洒脱。陈务人所画的墨荷图尤称一绝。早年间，他的作品一直风行于苏州、无锡、镇江等地，曾经在杭州西湖博览会上获过大奖，且为商务印书馆画册所收藏。

陈务人长期寓居镇江，借庵堂作画室，以卖画为生。

陈家长孙大婚，家族上下都视之为一件意义重大的事情。但细心的人只要留心观察就会发现，在这些家族亲长的眉宇间，却隐藏着一丝苦涩。

原来，此前老画师陈务人正携长孙处泰在镇江潜心作画的时候，平地传来一声惊雷——陈处泰的母亲、陈家的大儿媳妇季氏因为难产离世了！家族一片恸声，顿时陷入茫然与无序之中。

陈处泰的母亲季氏出身名门。先祖季愈为清康熙三十九年庚辰科进士第二名（俗称榜眼），授翰林院编修，官至广东学政，后来卒于任上。当年，陈处泰的母亲嫁到陈家时，带去了数十亩陪嫁田产，成为家里的主要经济支撑。自打嫁入"三近堂"，这位季家女子礼数得体，侍奉公婆，相夫教子，深得家族上下的敬重。也正因为有长子媳妇里外操持，老画师陈务人才得以放心地长年出游在外，以泼墨丹青为主业，撑起家族这艘大船。孰料，行至半途，她却突然撒手西去——这不是别人，偏偏是帮助家族打理内外一应事务的"大内总管"。

陈家老宅的变故，将长房长孙陈处泰瞬间推到了人生舞台的最前沿，被传统宗法礼教钳制下的现实社会迎头一棒，上了人生第一课。

家族的掌舵人、老画师陈务人迅速做出决断：马上给长孙陈处泰办婚事，以"冲喜"应对乱局。这样的决定尽管有些不近情理，实则也是出于无奈。一个严酷的现状是，陈家大儿媳猝然离世后，身后留下了四男二女，其中还有一个刚出世的女娃，一个比着一个年幼。谁来接这根接力棒呢？热丧中父亲是不能续弦的，但儿子可以成婚。

宝应民间称之为"孝里操"。

十七岁的青年学子陈处泰，就这样登场了。今天看来，这位陈家长子长孙的首次人生亮相是匆忙的，仓促到完全没有心理准备。

十七岁啊，人生最美好的年华，梦想之门刚刚打开。加上自出生起，陈处泰就得益于祖父的口传心授，以及诗书画礼仪等方面的熏陶，形成了他既早慧博学又慎思明辨的性格。祖父长年游走于沪宁线上，书画活动密集，时常带来一些外面世界的报刊和消息。三民主义、辛亥革命、十月革命、五四运动……这些信息，在陈家长孙的脑海里综合发酵，产生了诸多奇异的"化学效果"。这种开蒙，跟四书五经式的启蒙是完全不同的。而眼下，一位在新思想影响下成长起来的青年才俊，情窦未开，却被要求披上婚袍，与未曾谋面的女子结为夫妻，而且是在丧母之痛尚未平复的情况下。这在今人看来实在是难以想象的。

更何况，对于那位即将成为自己终身伴侣的金家女子，无论是模样、人品还是脾性，陈处泰都一无所知。自打记事起他就知道，街坊四邻都知道这桩指腹为婚的亲事。后来，随着他一天天长大，新知识接受得愈来愈多，陈处泰才慢慢感到这件事情的荒唐之处。很多时候，尽管被同伴们戏谑，陈处泰始终以为此事尚早，当务之急得先读书立业，然后才能考虑婚姻大事呢。他时常用这样的话来安慰自己，自认为结婚对于他来说，还是一件非常遥远的事情。

没承想，母亲的猝然离世，将原本遥远的婚约，突然拉到了眼前。一想到要跟那位连手都没有拉过的女子同床共枕，此后在一个屋檐底下过日子，陈处泰的后背上顿时涌起一阵凉意。接下去，自然是传宗接代了，然后是一代接一代，按照同样的程式、同样的生活惯性，日复一日、年复一年地过着……多少国人祖祖辈辈就是这样过来的，但这样的生活，看头知尾，真是苦涩难言。

直到此时，陈处泰才意识到，祖父为他取的乳名"网子"背后的真正含义。是啊，那就是一张网，看似无形，实则经纬勾连，接榫合缝，要将一个活泼泼的生命始终罩在里面，或方或圆，任其规囿。可是，生命的本能驱使他必须挣扎，并试图竭力挣脱眼前的一切，但是……这可能吗？那些弱小的弟弟妹妹们，都在看着自己。他是谁？他是陈家的长房长孙！长孙的定位，上承父母，下连兄妹，是家庭承上启下的关键一环。如此看来，简直无法想象抽身的后果啊……

陈处泰在祖父陈务人郑重宣布这一决定后，彻夜未眠。

婚礼如期举行。因为还在服丧，整个婚礼过程朴素、简约，没有过多的张扬或铺排。但按照民间的老风俗，远房近亲还是要逐一宴请，该有的程序也是不可少的。婚礼上，陈处泰感觉自己就像一个木偶，被人牵引着完成一个个步骤。可是没有人知道，他心中早已翻江倒海，宛若掀起了九级狂浪。个中三昧，谁人能够释解？周围赶来看热闹的人指指点点，品评着一对新人的五官、举止、穿着，一如民间婚俗惯有的场面。老画师陈务人捻着胡须频频点头，眯缝着眼睛。等婚礼程序顺利走完，他暗暗地长松一口气，吩咐众人簇拥着将新郎新娘送入洞房，心里一块石头才落了地。

现在，老画师陈务人带着一众族亲在厅堂里按次序坐定，单等一对新人出场。然后，他还要出去打理自己的画室。长孙媳妇娶进来，陈家自然有了操持家务的人，照应孩子们的事也有了着落。陈家大院的日子，依然会回归昔日固有的轨道。这是他这个掌舵人重新定位的家族走向，唯愿花好月圆，诸事顺意。

孰料，这对新人一等不来，二等不来，茶过三巡，仍未到场。不知过去了多长时间，外面终于响起踢踢囊囊的脚步声，长辈们赶紧挺直僵硬的腰身，不约而同地朝门口望去。

新人终于到了——只有长孙媳妇一个人，是由人陪着走进来的。她素面憔悴，红红的眼睛肿胀着，好像一夜未眠。陈务人心里咯噔一下，脸色顿时沉了下来。大家都愣在那里，空气仿佛瞬间凝固了，屋子里变得出奇地安静，连地上掉根针似乎都能听见。而在这种难挨的安静里，是间或出现的新媳妇抽抽搭搭正竭力掩抑的饮泣声。片刻后，族亲们揣着满腹狐疑，禁不住窃窃私语起来……

陈务人毕竟是走南闯北见过大世面的人，他不动声色，赶紧招呼家人不要声张，让人先将新媳妇搀回房间休息。接着，立马派人出去打听，寻找长孙的去向。还有更要紧的，是必须给金家一个有足够说服力的理由，才能免除三朝回门时的尴尬。否则失了礼数，对于陈家来说，便是最大的不恭啊！

原来，陈处泰当晚跑到附近一家澡堂里躲了起来。不管怎么说，新婚之夜，置新娘于不顾，径自出走，这在当时民风闭塞的宝应，算得上惊世骇俗了。

在这里，必须提一下陈家的长孙媳妇金书。在有关资料中，有一张她跟另外一位亲属的合影小照。这也是我们所能见到的，她年轻时仅存于世的唯一影像。从画面上看去，女子短发齐耳，棉布旗袍，怀里抱着刚满月的孩子，两位女子模样酷肖，哪一位是她呢？也许，这并不重要。因为那个年代的女性，神情永远是相似的，敦厚、娴静、五官平顺。画面上的女子，确实没有任何不同于常人的地方，是一位走到大街上，走到任何一条街巷都会看到的旧时代女性，样貌朴拙，像小巷边上的野草花一般，不显山露水。但就是这样的女性，往往却有着大襟怀，那是对一切的包容、承受和处变不惊。金书就是这样的一位女子。她虽然出身旧式家庭，但温良恭俭让的传统文化教养，让她面对家族事务，几乎是下意识地承揽下来。抑或，更多的是出于无奈。是的，这是她将要生活的家。她所要面对的，不仅仅是丈夫，还有长辈、妯娌、姑嫂等众多的新面孔，这些面孔从陌生到熟悉，必须有一个漫长的过程。更重要的是，还有那一群大大小小正处在丧母伤痛里的孩子。她已经顾不上再多想自己了。

本能的母性，在这个时候释放出善良的光辉。

新婚期满，贾家巷的邻舍很快看到陈家的长孙媳妇，洗尽铅华，一袭布衣素衫，从陈家小院里走了出来。

她面目如常，一脸平静，每天挎着篮子去河边择菜、洗衣服、涮马桶。有好奇的邻舍走过去探询：新郎官网子去哪了，怎么没有看到他陪你回门呵？陈家孙媳妇从容应答：时间紧，复习赶考去了，等有空回来再补上。邻人站在那里，半信半疑，只好连夸陈家孙媳妇孝顺，说：连回门都免了，看来要当大官啦。金书装作没听见，只顾低着头，一下下捶着石板上的衣服，实则心里头五味杂陈，却不愿让外人看出毫厘。她知道如何恪守一位贤妻良母的本分。

就这样，这位名叫金书的女子留在了陈家老宅，洗涮埋汰，洒扫庭除，履行着晚辈媳妇的义务。一度纷乱的陈家老宅，再一次拨正了生活的船头。孩子们的衣衫变整洁了，老人汤水的递送也按了时辰。厅堂上下，正如老画师陈务人所期望的，各自回归了良性运转的轨道。

这是一支墨荷，茎干峭冷，三五交错，根植于一片荷塘中。巨大的荷叶舒展开来，夺人眼目，形成强烈的视觉效果。中有一株，风雨不惧，穿越而上，直至穹顶。极目处，一只独莲绽放，俊秀挺拔，与叶片相依而托，互作映衬。整个画面看上去，清朗、空明、疏密有致，一派南国风韵尽显其中，异常精准地呈现出民间老画师炉火纯青的泼墨功力。

这幅荷花图，是老画师陈务人为长孙陈处泰大婚绘制的四条屏之一。

由于资料图片是黑白色的，老旧、沧桑，许多地方褶皱感很深，不免让人生发许多联想，觉得它的主人也许是将其置于箱底，沉睡了半个多世纪，方才经过万千辗转得以面世。也许是年深月久，由于光阴的剥蚀，虫咬鼠噬，终于被弄成今天这般模样。但不管怎么说，从画面上看，它依然可以清晰、完整地传递出绘画者所要表达的意蕴。

这四幅条屏图，据说是当年陈处泰结婚前，对家族提出的唯一要求。我们无从知晓，他在向祖父开口的时候，内心是怎样的感受。

宝应老画师陈务人，一辈子惜荷、爱荷、画荷，也将莲荷出淤泥而不染、卓然于众生而遗世独立的那份高洁，一丝不落地浸洇在孙子成长的年轮里。这种品格，从更深处解读，同样也把不畏任何外力、始终持有内心所向的那份坚韧，一点一滴地灌注进长孙陈处泰的每一道生命纹理之中。正是这种执守，形成了他对抗一切外来压迫的反弹力量。这种生命张力，压力愈重，反弹力愈强，正所谓愈挫愈奋。在这种基因承传中长大的陈处泰，正处在人生最逆反的年龄，举凡对于强加在鲜活的生命中一切不属于自己的东西，恰如骨肉入刺，孰有接受的道理？老画师陈务人一生画荷，何尝不知道这种莲之精神，早已深入家族每个人的精神脉系。未知他在挥毫泼墨为长孙作画的时候，内心究竟作何感想？

陈处泰的抵抗，在今天看来，既是外在的时代大背景使然，更有他自身性格的内因在起作用。顺而不从，是中国人古老的民族特性。折射到这位年轻人身上，即形成一种更为强烈的、挣脱压迫的欲望。这种欲望，是向一切旧的、不合理的、有违人性本原的陈规陋俗、封建桎梏挑战。这种战斗的方式，或是迂回，或是直面。总之是恭而不顺，顺而不从，各有法器。

当晚，陈处泰扯下婚袍、便装出走的时候，会想到这些吗？
……
夜色茫茫，小镇沉睡。

陈处泰一个人在月光底下独行着。他甚至能够听到走路的动静在脚下发出的沙沙声。回首再望，那个小小的巷子，那番白天的喧闹，统统被置于身后了。可是他不能回去，后退一步，便是无法掌控的深渊。他不知道自己下一步该去哪里，但有一点是清楚的：他决不会妥协。尽管那一对标志着婚事庆典的红灯笼散发的光晕犹在，尽管罗纱帐前，那位绣鞋锦袄和他一同拜祭天地的女子还在，但是，由于此前心神乏映，他如何能够接受命运将他们生生牵在一起，然后传宗接代，日复一日，在旧有的车辙里身不由己地朝前滑行，直到油尽灯残，走向人生的荒冢土丘？究竟有多少年轻人，都是像自己这样年华老去，成为这个旧时代的祭品呢？翻开文牍报刊，哪一天没有几宗刀绳相缚、喝药、沉潭、出走的抗婚逸闻？这样的陈规旧俗，难道不应该被打碎，被推倒重建吗？陈处泰头痛欲裂，将手指头捏得"咔巴咔巴"直响，眼睛里似乎要喷出火来。可是……她呢？她的命运，难道不是和自己一样，也是在娘胎里就被定下的吗？

那位女子，就像无数大婚之日的新嫁娘一样，心怀欣悦，披着红盖头而来。她奔向陈家，只为遵循父母之命、媒妁之言，至于面对的男人是丑是俊，品行恶劣还是高尚，何尝不是同样形如隔墙，无法预知……

想到这里，陈处泰的脚步迟疑了一下，似乎又变得格外沉重起来。

是的，那个旧式家庭的女子，和自己同样无辜、无助，正在成为旧的宗法礼教的牺牲品。但她的那份恭顺，难道不是陈腐的传统老旧制度的同谋？

运河两岸，风声萧瑟。一艘艘船舶在河面上停泊着，运河人家的灯盏悬挂在一根根桅杆上，在寂寥的寒夜中，摇摇晃晃地悠荡着。这些普通的船家，仿佛亘古就是这样生活的，栖身在船上，繁衍生息都在船上。他们的桨橹，摇了几朝几代呢？他们思谋过自己的改变吗？每逢朝代更迭，便风声鹤唳，离乱颠沛……陈处泰摇了摇头，他想不下去了。他只知道，自己不要过这样的生活。这条内陆河，流淌得太久了，河水业已浊重、污秽，流不动了。它已经承载不起亿万同胞的苦难，需要注入新的源流了。不管那股外力从哪里来，但必须有新的力量注入，它才能够重新找到奔涌的方向。

陈处泰就那样在运河岸边木然地站着，不知过去多久，忽然他将手臂在空中用力劈了一下，仿佛要在瞬间赶走所有的烦恼。少顷，他在心里暗叫一声：金家姑娘，惭愧了！然后大步流星，再次加快了脚步。

贾家巷身后的那扇大门，已经关上了。那个叫陈网子的小男孩，那个咿呀拽着大人衣襟蹒跚学步的小男孩，那个在祖父的呵护下熟读经书、被指望光耀门楣的传统乖巧的少年读书郎，永远不会再有了。他现在已经长大成人，目光炯炯，步履坚定。脚就在自己的身上，他要走自己的路。

当晚，陈处泰在一家叫宝元浴池的地方躲了大半夜。直熬到月阑星稀、万籁阒寂，然后，一个人毅然决然走掉了。

2. 同　窗

1928年，全国革命斗争形势风起云涌。

这年初，安徽大学筹委会公推刘文典为预科主任，于当年春季开办预科，分设甲、乙两部。甲部为社会科学，乙部为自然科学，每部招收新生各两个班。刘文典，祖籍安徽怀宁，曾先后在西南联大、云南大学任教，历任北京大学教授、国立安徽大学校长、清华大学国文系主任。他是现代文史、校勘学与庄学方面的专家，平素恃才傲物，性格狂狷，在民国学界留下不少趣闻逸事。其中一桩，即本书主人公陈处泰参与的安徽大学学潮事件。

陈处泰从家乡宝应出走后，直接到南京找到同乡好友华皖。当时华皖以省一中全校第一的成绩被保送金陵大学，正和妻子尹粹琳在度蜜月。陈处泰把逃婚出走的情况跟他说了，想通过他寻找中国共产党的地下组织。这是他走出家门多日以来慎重考虑后的决定。哪怕关山重重，阻碍万千，也要一路奔着光明的方向而去。

华皖每天和妻子同进同出，琴瑟合鸣，一脸幸福满满，举手投足都透着自信。相形之下，一路颠沛赶过来的陈处泰，心情沉郁，显得疲惫不堪。他说完了前因后果，直直地盯着华皖，生怕他心生畏难，一时说出什么推辞的话来。

听完陈处泰的一番话，华皖对同乡眼下的处境深表同情，他爽快地说："好啊！先住下，一切交给我来办。"

果然，时隔不久，华皖便在金陵大学附近的黄泥岗租了一所房子，让陈处泰先住下来，然后复习报考学校。

"在大学里，你不找中国共产党，中国共产党也会找到你。"华皖拍拍他的肩膀，朗声大笑着说。陈处泰望着兄长般的同乡，一颗多少天悬着的心，终于放下来。

那天晚上，他睡了自离家以后的第一个安稳觉。入梦之沉，就连外面打雷般的敲门声都没有听到。惊醒后，才知道已经日上三竿了。陈处泰一跃而起，顿时被窗户外面打进来的阳光耀花了眼睛。

华皖来了，不仅带来了一大包丰盛的早餐，还带来了好消息。华皖告诉陈处泰，已经在一家书店给他找了份差事，让他赶紧收拾一下头面，准备去上班。陈处泰喜出望外，他一边狼吞虎咽地吃着灌汤包子、酱鸭，一边拼命点头，感觉胃口从未有过的好。

几天后，南京的某家书店，来了一位年轻的新学徒。

这位学徒看上去性格内敛、谦恭。入店后，每日穿着工装，戴着两只旧套袖，手脚勤勉地整理着各类书籍，中间不停地招呼着往来顾客。闲余的时候，很少出去游玩，而是利用一切时间伏案苦读。连平时用餐，也不忘边啃烧饼边看书。这位年轻人很快赢得了店主的信任。店里的一应事务，平素都交给他帮着打理。为了省下来回路上耗去的时间，过了些时候，店主同意他将铺盖一起搬过来，晚上就睡在店铺里。他知道这位值得信任的小学徒正在复习迎考，上下班来回跑委实太辛苦了。这样，正好解决了就寝之难，也好方便对方秉烛夜读。

那段光阴，是陈处泰异常充实的日子。他吃住都在书店里，白天上班，招呼顾客，晚上就地铺开一套简单的被褥，借着微弱的烛光继续用功。身后那一排排书架，那些规格不一的线装书、精装书、油印本，似乎形成了一个庞大的气场。这个气场包裹着他，让他终日沉浸在知识的海洋里，近乎贪婪地汲取着。在此期间，他的英语也得到了充分的研习。书架上，有大量的英文原版书籍，这是在其他任何地方都不曾有的便利。陈处泰欣喜若狂，抚摸着那一本本雕着花纹边的硬壳书和简装本，就像推开了一扇扇域外世界的窗户。这种阅读，使他对于东西方政治、经济以及文化的比较，有了格外宏阔的视野和认知。有时候，他也会在夜深人静的时辰，悄然摊开几份薄薄的小册子。那是同学辗转带给他的，一些中共地下进步组织的油印刊物。陈处泰反复琢磨着那些粗糙草纸上的油印文字，感到新奇、激动，仿佛一条搁浅河滩的鱼重新回到清澈的河水里。小册子上面的每一句话、每一行字，都为他的身体注入了新的力量。

时间在悄悄流逝。陈处泰半工半读，在每天异常忙碌的状态中，内心的目标越来越明晰。

这年3月，陈处泰在华睆的帮助下顺利报名，参加了首批学子考试。凭着扎实的知识功底，他一举考中，很快接到了安徽大学的录取通知书。

捧着通知书那一刻，陈处泰真有一种绝处逢生的感觉。直到这个时候，他才回过头来，审视、打量自己身后那座古老运河沿岸的故乡。河水涌流，桨声灯影，多少往事都被雨打风吹去了。但他心怀感激，在自己成长的十多年光阴里，那座民风古朴的小镇带给他诸多快乐、温馨、伤痛。由于时间的过滤，许多乡邻、乡情、乡音，无数逝去的往事，因了远离的缘故，竟然又一点点变得亲切起来。

4月，正是杨柳飘絮、艳阳正好的季节。陈处泰背着简单的行囊，脚步轻捷，从南京出发，前往安徽西南部一座叫安庆的城市，到学校里报到注册。

古城安庆，位于长江下游北岸，皖河入江处，西北靠大别山主峰，东南倚傍着绵延的黄山余脉，素有"万里长江此封喉，吴楚分疆第一州"的美称。这里是马克思主义在中国最早传播的地区之一，也是安徽最早的城市党组织诞生地。新文化运动主将、中国共产党创始人和早期主要领导人之一陈独秀就出生在这里。在中国共产党诞生之前，安庆人民就进行过一系列艰苦的探索和斗争。徐锡麟巡警学堂举义，陈独秀藏书楼演说，熊成基马炮营起义……都为这里谱写了风云际会的革命篇章。

这时候，安徽大学已经秘密成立了马克思主义研究会。它的主要成员都是大革命失败后流散到各地的共产党员和青年团员。其中，有俞昌准、刘树德、王金林、陈一煌，还有刘复彭（刘丹）等。研究会经常开展地下活动，讨论时政，传播马列理论，还时常印制、发放一些进步的革命小册子和传单，在各类名目繁多的社团中很有号召力。

陈处泰进入安徽大学以后，很快被发展为会员。从此，他犹如蛟龙入海，很快在心所向往的海洋里遨游起来。

多年以后，曾任浙江省人大常委会副主任、浙江大学名誉校长的刘丹在悼念陈处泰烈士的文章中，这样写道：

"我们相识在1928年春，也就是4月份同进安徽大学预科社会学部学习的时间。他与我、我的爱人吴容（原名吴啸林），还有刘树德（1931年牺牲）关系密切。我们之间不仅是同学关系，而且在思想政治上都是追求革命的。陈处泰的学习成绩非常好，是班级的高才生，特别是英语水平比较高，当时就能读英文版《资本论》，有时还把其中一些内容讲给大家听，反映了他追求进步的思想。"

　　这是很有意味的一笔。青年才俊陈处泰，少年意气，英姿勃发。向往光明的人类共性，使他一入学就被当时的中共地下进步组织所吸纳。在那样一个平台上，他以前所学的知识得以充分发挥，特别是为一般同学所没有的英文功底，使他突破了传统思维的囿限，也给他插上了一副遨游世界的翅膀。这令他看待问题的眼光更为高远，在同学们中间很快显得卓尔不群。

　　据刘丹回忆，陈处泰入学之际，正值大革命失败不久。白色恐怖笼罩在古老的中国大地上。但实际上，整个安庆的红色组织在地下依然十分活跃。大别山区峰峦幽谷，由于远离国统区，红色暴动的消息不时传出。它们就像暗夜里的星辰，顽强地眨着眼睛，在倍受苦难煎熬的民众心目中，再次燃起被压抑已久的希望。在教室黑板上，在学校门外的墙壁上，在村镇城乡的行道树上，经常出现一些红色口号标语和宣传画。尽管执政当局急忙命人清理掉，但过了几天，这些标语、宣传画很快又在各处出现了。

　　这一天，陈处泰、刘丹和刘树德三人，约定在安徽大学附近的菱湖公园相聚。

　　天气晴朗，放眼望去，一派春色正浓，游人三三两两地在林荫道上漫步。他们聚会的地点附近，是一座纪念安徽"六二学生运动"中被军阀杀害的烈士墓。青松翠柏在周围环绕，氛围有着不一般的沉寂。这使得一次小小的聚会，不经意间有了别样的含义。

　　三人在凉亭石桌前坐下来。由于都是青年学生，聊着聊着，话题很快转到时政上。他们聊民众的苦难，聊国民党的反动统治，聊对革命形势的见解。话到深处，激愤难抑，陈处泰一拳砸在石桌上。

　　"我们再也不能这样沉默下去了，必须站出来，和敌人进行坚决的斗争！"

　　刘丹看着陈处泰，目光中充满了欣赏和认同。他们时常在一起补习英文，对于陈处泰能够流畅地阅读英文原版著作，刘丹更是钦羡。

在他的眼里，家学渊源的陈处泰，为人敦厚，有正义感，特别是他理性的逻辑思维、严谨的口头表达，每每令同学们刮目相看。三个人在一起，平素形影不离，尤其在一些政治话题的讨论上，更是心有灵犀，多有投契。现在，陈处泰的话，再次引起了其他人强烈的共鸣。

"是啊，国难当头，四万万同胞每天都在水深火热中挣扎，作为青年学生，我们不能只顾埋头读书啊，而是要面对强权暴政，勇敢地发出自己的声音！"刘树德也忍不住恨恨地说。

接下去，他们开始研究下一步行动计划，包括参加集会活动的人数、行走路线、现场突发情况的应对措施，等等。讨论了几个来回，刘丹和同伴很快发现，陈处泰的思维更缜密，端出来的方案也更具有操作性，显然此前经过了深思熟虑。大家一致同意，采用陈处泰的行动方案。他们哪里知道，为了出台这份方案，陈处泰熬过了多少个不眠之夜。

临走前，几个人分别掏出小刀，在石桌上刻下"打倒国民党反动派""为全世界劳动人民的解放而奋斗""苏维埃万岁"等字样。每一道刻写，都折射出青年学子对社会现状深刻的忧虑和抗争的诉求。

"这回把字刻深点，"刘丹说，"让那些黑狗子冲不掉、擦不去，除非他们连石桌子也给扔了。"听了这话，大家都不约而同地笑了。

3. 抗 争

时隔不久，安徽大学学潮爆发了。

作为当年学潮事件的亲历者，刘丹为我们提供了生动、翔实的在场描述。其中，多次出现陈处泰的名字——

"菱湖相聚之后，即1928年下半年开学不久，为了更好地学习马克思主义，宣传革命理论，便于联系群众，组织活动，由王金林（中共地下党员，当时还没有暴露身份，1931年在安徽广德就义）、刘树德、陈处泰和我发起，秘密组织了马克思主义研究会。第一次会议是在安庆平心桥11号我家楼下临街的一间卧室里进行的。之后还开过几次会。在以后的安大学运中，研究会起着学生组织中的核心组织作用；刘树德、陈处泰和我等一批研究会成员，都成为学生运动的主要骨干。"

在这里，刘丹的陈述为我们提供了一些极具历史感的珍贵回忆。

安庆平心桥11号，一幢老旧公寓的临街房间里，几位青年学子经常聚在一起，举行着不寻常的会议。其时，屋外车水马龙、熙熙攘攘、朔风天寒，屋内却暖意盈盈，煤球炉子上一只水花翻滚、即将顶翻盖儿的水壶正冒着腾腾的热气。每个与会者的眼睛里都闪动着奇异的光，那是希望之光，是志愿为未来的新中国洒尽一身英雄血的青春豪气。他们或争论，或沉思，或奋笔疾书，然后形成一份份油印报刊、一张张宣传招贴画和一个个抗议行动方案，悄悄散布出去，并付诸实施。他们在黑云压城般的政治高压态势下，掀起了一阵抵抗强权的浪潮。

"1928年11月下旬，安庆大中学生曾爆发反对国民党反动政府的学潮，陈处泰在学潮中表现积极、果敢。11月23日，同安大文法两院邻的省立第一女中举行十六周年校庆……安大地下党团支部研究，认为女中封建统治严厉，是党团组织的空白点，决定发动安大和安庆第一中学的部分党团员及进步学生去看戏，趁机闹学潮，打开党的活动局面。女中校长程勉是国家主义派分子，安徽省学阀程筱苏的儿子，他看到安大等校男生来校，便宣布停止演戏，并向伪安庆公安局诬告安大学生捣乱会场，侮辱女生。为了抗议诬陷，安大党团组织筹建学生会，并派出代表到各校宣传，动员罢课，组织请愿。陈处泰是学生会的主要负责人之一，他在安庆第一中学的宣传鼓动工作很成功，动员了不少学生。

"11月26日蒋介石从凤阳抵达安庆，程勉得悉又去告状。11月29日下午，蒋介石召见安大校长刘文典进行训斥，并予扣押。消息传出后，安大群情激愤，舆论哗然。安大党团组织进一步发动学生到各校组织罢课。次日，安庆大、中学生近千人齐集安大操场，随后由刘树德、陈处泰和我等人率领，拥至省政府向蒋介石请愿，要求改革安徽教育、罢免程勉、释放刘文典等。谈判无果，激起了广大学生更大的愤慨，于是请愿旋即变成示威游行，沿途大家高呼'打倒国民党反动派，打倒新军阀'，从此斗争形势趋于激化，国民党反动派准备大肆进行镇压。

"12月1日，伪安徽省代理主席孙榮奉蒋介石之命，率领武装卫队人员到安大安院召集师生训话，宣布将刘文典免职查办，王金林、刘树德、陈处泰和我11人被开除，通令通缉。由于我们事先得到消息，陈处泰、刘树德和我三人已及时离开安大，逃往南京。这次学潮虽然被蒋介石镇压了，但陈处泰和我们都从中经受了锻炼和考验，更加看清了国民党的反动面目，更加坚定了寻找靠拢共产党组织的信念。"

这是一幅多么波澜壮阔的画面！

青春的热血、涌动的激情、与反动腐朽统治的坚决抗争，从刘丹十七年后在新四军军部工作时的描述里，依然可以清晰地感知。在这幅画面中，振臂一呼走在队伍最前沿的，自然是陈处泰和其他青年组织者的身影。

同乡华睆，在《卅年实录》中曾经写到，陈处泰当年作为学生代表的现场精彩发言，被蒋介石视为"态度狂悖，出言不逊"。

另据参与学潮策划的共产党员钱嘉新回忆，"安大学生代表陈处泰想要站起来反驳，但被左右同学暗暗摁住。这时候，好汉不吃眼前亏！"……众多当年亲历者的回忆及历史资料显示，在安庆大学仅七八个月的时间里，陈处泰，这位来自宝应的青年才俊，作为马克思主义研究会的发起人和组织者之一、安大学生会主要负责人之一，以及安庆学潮的主要策划者和指挥者之一、示威游行的带头人，勇立潮头，敢于担当，呈现了一位有正义感、有感召力、不畏强权的学生领袖形象。

正如陈处泰后来同好友华睆回忆这段生活时所言，在镇江中学，他还只是学生运动的积极参与者，而在安徽大学，他已经成长为一名立于学生运动潮头的弄潮儿了。

学潮事件后，通缉令迅速发向全国。

陈处泰和刘树德、刘丹三人立即逃到南京，然后很快分手了。陈处泰径自去找好友华皖。他哪里知道，华皖也是刚刚从国民党的监狱里死里逃生。

在雨花台烈士纪念馆提供的文献资料里，有一张创建之初安徽大学一院的大门照片。粉墙青瓦，亭台飞檐，一弯月亮拱门立于画面正中，隐约可以看到院内修竹掩映，一派典型的徽派建筑风格。照片使人不禁想起黄山脚下的那些皖南古民居，遥居田园山川，将传统文化静处思幽的内涵推向了极致。安徽大学，这座1928年4月创办于安庆的老牌学府，曾经是安徽省现代高等教育的开端。它人文背景深厚，历史上曾经群星闪耀，有一大批学识渊博的大师级学者如姚永朴、刘文典、王星拱、程演生、陶因、陈望道、丁绪贤、郁达夫、周予同等先后在这里执教或主持校政。

然而，时逢乱世。外敌环伺，军阀混战，整个局势犹如箭在弦上，战争一触即发。与此同时，古老中国的深山僻壤，红色烽火正星星点点，渐成燎原之势。原本埋头读书的莘莘学子，白天坐在教室里，聆听着一脸悲怆的老师大声疾呼国难当头；夜晚躺在宿舍里，耳边是一阵阵呼啸而过的飞机声，无不思变。

曲径回廊的校园之内，再也放不下一张安静的书桌了。

陈处泰去留两难，顾不上前段时间从老家出走的尴尬，只能回宝应暂避风头。

4. 缉 捕

1929年初的某个晚上，月黑风高。

街面上一片阒然。由于天寒，运河古镇宝应的店铺大部分已经提前打烊了。只有一家通宵营业的棺材铺，门口的长明灯依然发出晦暗、冷清的光。几只硕大的花圈摆放在那里，中间套个大大的奠字，让人偶尔望去，倏然心惊。不知谁家的闲狗在巷子里溜达着，间或传过几声低低的吠叫。

晚上八点左右。一队人马从县府大院出发，埋首疾行，由府前街（今叶挺路）向东，然后拐弯向南挺进，顺着朱家巷一路小跑，朝宝应学官的方向赶去。踢踢橐橐的脚步声，在小镇的夜空里杂沓地回响着。

少顷，县城通往外地的水陆要道都一一设下了埋伏。

那段日子，宝应古镇的日子照例不徐不缓地朝前流淌。只是明眼人发现，它的节奏，已经出现了些许章法上的凌乱。这种感觉，是由于某种外力的强行植入，带入了诸多不谐和音造成的。它是粗暴的，毫无抗拒可能的。人们走在家乡的街面上，经常冷不防会被一脸凶神恶煞的军警拦住盘查：从哪里来，到哪里去，没事在街上闲溜达什么？如果是外地口音的，随身的行囊多数要被一一抖开，顷刻间翻个底朝天。或者被武断地告知：某某街不能走，某某巷正在戒严。很快，街面上就像被篦子篦过一样，人迹全无，空空荡荡。

小镇的居民们不得不重新调整生活的节奏，每天早早地关门打烊，闭户掌灯，静待接下来的事态变化。

安庆学潮事件发生后，安徽省军政当局奉蒋介石之命，磨刀霍霍，对运动主要策划人进行开除、逮捕。陈处泰的同窗、一位才智超群的学生领袖俞昌准被枪杀于安庆北门外，一时间，在学生中引起了强烈的震动！一条鲜活的生命就这样顷刻消失了，而这一切的发生，不过是因为广大学生表达了正当、合理的诉求罢了。同学们群情激愤，原本计划酝酿新的一轮更大的反抗浪潮，但由于政治形势严峻，只好暂时按下。与此同时，一纸通缉令发向全国，命令即刻将黑名单上的学生一个不漏，捉拿归案。全国各地的村镇城乡，大街小巷的显眼处、僻静处，都贴上了缉捕告示。姓名、面貌特征、年龄，一一赫然在目。仿佛一夜之间，许多平民家庭被卷入了惊悸与不安的焦虑之中。

眼下，安庆军警方面即奉上司之命，深夜出行，带着一纸公文前来宝应追捕"共匪"嫌疑分子陈处泰。

宝应县执法大队长姓曹，下午接到命令后急火攻心。暗想，此事干系重大，倘有闪失，饭碗砸了不讲，怕是小命也难以保住，必须万无一失才是。他马上纠集百十号人的队伍，背着大刀，掮起长枪，吆三喝五，早早在院子里整装待命。

晚八点，按照事先谋划好的缉捕方案，一帮人趁着黑黢黢的夜色正欲开拔，却被前来县府大院办事的第三小学校工小顺子撞个正着。小顺子顿时吓出一身冷汗，暗想：天爷爷，八成县上出大事了？

正思忖着，忽听耳旁传过一声喝问："从哪来的？"小顺子连忙回应："三小的校工，被派到这边学校办事的。"

曹队长用狐疑的目光死死罩住对方，仿佛要从他身上挖出什么可疑的东西来。

"前面带路吧，要有什么闪失，唯你是问！"盯了半天，并没发现什么蛛丝马迹。曹队长不由分说，拎起小顺子的衣领，将他一溜拽到队伍前头去了。一路上，小顺子深一脚、浅一脚，跟在队伍里盲目地走着，脑子里却急速盘算开了。眼前这帮人，看上去不像是执行其他公务，他们杀气腾腾，显然是冲着目标来的……在仔细搜罗了宝应县城近来发生的一桩桩大大小小乃至鸡毛蒜皮的奇闻逸事后，小顺子心里突然打个寒战，额头上顿时有冷汗涔涔流下来：对了，一定是来抓陈先生的！

宝应县立第三小学，不久前刚刚来了一位临时代课老师。他眉目疏朗，头发中分，穿一件当时常见的棉布长袍，脖子上围一条浅灰格子围巾，腋下夹着教本，经常步履匆匆，走在校园的林荫道上。上课铃一打，他便准时出现在课堂上。青年老师代课的内容，是教学生画画。尽管不是主课，但他勤恳、敬业，上课一丝不苟，将一门看似简单、只是带着学生涂涂抹抹的图画课上得意趣盎然，很快赢得小镇孩子们的喜爱。

这位教书先生，就是正在被通缉的安徽大学学生代表陈处泰。

学潮事件被整肃后，陈处泰逃回宝应。他没敢回家，而是在西城墙附近的堂兄陈明山家悄悄住了下来。

堂兄家里人口多，日子过得局促，亦非久待的地方。过了几日，陈处泰不想再给他们增加生活上的负担，后来经人介绍，到县立第三小学做了一名图画代课老师。这所学校的校长叫汤绍纯，思想比较开明，对陈处泰的才华也很赏识，就在时间上给了他充分的自由。有课则上，无课便不用到校了。但陈处泰非常自律，不唯教课认真，还经常提前到校，打扫卫生、冲茶、拎水。很快，学校上上下下，特别是学生们，都格外喜欢他。这位年轻的图画老师，一切看上去都让他们觉得新鲜。他衣着新派，口中不时蹦出一连串的新名词；他的头发乌黑中分，偶有一绺从额角上耷拉下来，就那样用手撩一撩，继续讲话。一切轻松、随意，让人有种天然的亲近感。很多时候，同学们会暗地里模仿他说话的样子、他画画的姿势，和他明朗的笑。还有，他所讲的许多有趣的故事，是这些从小生活在幽僻小镇上的孩子们从未听过的……

校工骆顺兴，为人勤恳忠厚，人称小顺子，平时在学校里管敲铃。每当下课时间到了，他总是适时地拿起一根棍子，冲着校门口树上的那口大铁钟，"当当"地敲起来。钟声随着学生冲出课堂的脚步声，惊飞了一群群树上的雀子。茶余课后，他和陈处泰同样处下了很深的友谊。

在这位憨厚的工友眼里，教书先生陈处泰跟其他读书人不一样，待人和气，从来没拿他当过下人。经常跟他聊天，也经常教他认字，甚至在他没钱买粮食的时候，还会给他捎带吃的。有时候去运河边上写生，偶尔也会带着他一起去。

运河岸边，苇丛萧瑟。陈先生将画板支起来，取出染料、笔墨。然后对着岸上的景物发起呆来。往往在那里一站就是半晌，却迟迟不动笔。 小顺子不解其意，想问个究竟，又不敢冒失。 他在旁边也闲不住，就跑到河边割草去了。 等割来一大筐，发现画布上终于有了眉目，那是些流动的河水、帆船，还有许多他看不明白的线条和点点。 小顺子摇了摇头，口中小声嘀咕道："就这个？ 咋不像。"陈先生笑了，说："过去有很多船对吧。"小顺子恍然道："是呀，忙碌得很……"陈先生说："现在怎么冷清了……"小顺子说："这还用问，兵慌马乱的，听说有很多船被征去运军火了。"陈先生严肃地说："打仗好吗？"小顺子说："好啥，把饭碗都打碎了，命也打没了。"陈先生说："是呀，但如果日本人来侵略，肯定是要打回去的。"

小顺子"嗯"了声，觉得对方说得有道理，想再问点什么，却没词了。 这个陈先生，脑子装着很多东西啊，他愣愣地想着，帮对方倒了一杯茶，又去忙割草的事了。 家里没烧的，得赶紧打点柴火。

渐渐地，从这位新派年轻人的那些画里，小顺子才知道家乡原来这么美，人们原本可以生活得更好，只是世事太混沌了。 "这样的世道，早晚是要改变的……"陈先生认真地说。 小顺子听什么都觉得新奇。 但是有些出格的话，不免让他提心吊胆，总觉得，陈家大孙子在外面上了几年学，跟镇上的读书郎不一样了。 至于哪儿不同，一时间还说不清楚。 可是陈先生的眼神分明在告诉他，那些话都是真的，他必须拥有自己的分辨力。 这让小顺子心里很矛盾。 他知道，有的话听多了，自己也会不安分的。 可现实中的情况呢，分明又跟陈先生说的，相差无几……

陈处泰为什么回宝应教书？ 这在很长时间里，始终是小顺子心中的一个谜。 在他看来，陈先生的才气、谈吐，包括他的学识，根本就不适合在这所小学里久待。 看来，是有什么难言的隐衷了。 同时，他心里总有一种预感：陈先生在这里待不长久，早晚是要离开的。

直到有一天，小顺子在锅炉房打水的时候，听到同校两位老师的议论，才像脑袋上空爆响了一颗炸雷，震得他耳朵嗡嗡作响，老半天没有回过神来。

原来，这位陈家大孙子，是在外面犯了"惊动官府"的事，是偷偷跑回来的。老宅自然是回不去了，平素就躲在堂兄家里。小顺子识字不多，但世事见得多了，对是非也有着老百姓自身最基本的判断。凡事有好坏之分，人也莫过如此。在他看来，陈处泰就是百分百的好人。这样的好人，笃定是被什么人陷害了。

眼下，小顺子带着县大队的搜捕人员深一脚浅一脚地在路上走着，脑袋里急速盘算着应对的办法。民间有话，滴水之恩理当涌泉相报。陈先生落难了，他不能坐视不管。尽管曹大队长在后头押着，小顺子思忖无论如何，得帮助陈先生先过了这关。正琢磨着，曹队长又低低吆喝了一声，冰冷的枪口瞬间抵到小顺子的脖子上："快说！陈处泰躲到底藏在哪里？快带我们过去，不然就崩了你！"

小顺子打个激灵，脱口谎称道："八成住在老宅子里啊，要不，现在就带你们过去……"

曹队长愣了下，眼珠子轱辘一转，遂喝令队伍停下来。然后拽过几个心腹，躲到大树背后嘁嘁喳喳一番。接着，从小仙桥向南，各个巷口和交通要道处悄没声地布下了岗哨。陈家老宅屋顶上，踩瓦上墙，架起了一挺机关枪。一切布置停当后，他带着十几名荷枪实弹的军警，押着小顺子去敲陈家大门。

正是深夜十一点，全城一片死寂。

突然，一阵粗暴的砸门声响起，"砰""砰砰"！这声音急骤、短促，仿佛瞬间要将大门洞穿。在几次砸门都没听到回应后，外面的人当即用脚踹上了门。一下，两下，整个房子摇动着，好像要倒塌下来一样。少顷，大门闪开了一道缝，从里面探出一张满是惊惶的脸，怯生生地问道："谁呀，这三更半夜的……""少啰唆！快把门打开！有信件……"就听"轰隆"一响，一堆人未等回话，就从门外呼啦啦闯了进来，将屋子里塞得水泄不通。

陈务人刚从床上披衣起来，鞋子未及趿上，就被门口传来的动静惊住了："只说是来送信的，怎么看着不像啊，八成是网子出事了……"

话音未落,军警们已经在屋子里七七八八搜罗起来。 不大的院落,几间堂屋厢房,转眼间被翻个底朝天。 橱子柜子全都打开了,连水缸、花盆都没有放过。 有只咸菜缸不慎被枪托碰裂,萝卜、咸菜疙瘩滚得满地都是。 陈家人哪里见过这样的阵势,当即汗就下来了:"长官,请先坐下叙话……""少废话!"来人将一张纸朝他面前抖了几下,拍得"啪啪"直响,说:"看到了吧,安徽省政府签发的公文,你家儿子犯事了,我们奉命带他去上面回话,他人呢? 躲哪去了……"

陈务人心里一沉,摇了摇头,说:"搜吧,怕是你们什么都找不到,他眼里早已没有这个家了。"

曹队长眼珠子一转,回头再找小顺子,发现人已经没了踪影。 随即冲着陈家人吼道:"人藏哪了? 快说出来,不然统统带走!"有人说:"谁知道呀,见天背个布夹子在河边写写弄画画的,没准早已经坐船走啦……"

曹队长气急败坏,一脚踢翻了金鱼缸,弄得满院子水渍横流,几条小金鱼凸着肚皮在地上蹦跶着。 他指挥几个人又火速上了阁楼。 楼顶上,只是搭了座简易棚子,里面堆放着一些杂物,还有些陈年未用的砖头瓦片。 几盆花草由于天寒,早就干枯了。 夜色甚浓,几个兵丁不知深浅,借着朦胧的月光拿枪托在里面胡乱扒拉一阵,生怕中了暗招。 就听"稀里哗啦"一通大响,片刻,几个人拎着枪托下来了。

"报告队长,上面没有人!"

莫非这人就插翅飞了? 曹队长坐在那里,大冷的天,却呼哧呼哧喘着粗气,脑袋上热气腾腾,就像笼屉开锅一般。 没想到竟然出现这样的局面,原本指望轻而易举就把人逮到,然后送到上面交差呢! 就这样,一直折腾到凌晨两点多钟,也没搜出任何头绪。 曹队长不敢把动静弄得太大了,一旦惊动了街坊邻居,怕是真的找不到人影了。

僵坐片刻,眼看实在搜不出人来,曹队长只好无奈地摆了摆手,带着一伙人悻悻地离开了。 临走前,冲着陈父吼道:"跑了和尚跑不了庙,等你家儿子回来,让他明天即刻到队上去投案,我们自会从轻发落。倘知情不报，嘿嘿……"他将手中的公文再次抖了抖，"就不要怪我们不客气了。"

满屋子人敢怒不敢言，看着一帮如狼似虎的军警掮枪扛刀，摔门而去。周围再度陷入一片沉寂。

陈家附近的巷子里，依然晃动着几名黑衣人的身影。那是警方特意留下的一干暗哨。临走的时候，曹队长咬着腮帮子发狠：盯他七七四十九天，且看这家人如何收场。他姓陈的就是三头六臂，还能掘地道跑了？

天边刚刚放亮，一阵唢呐声蓦地响彻宝应县城上空。

那声音，急骤、悲怆，一听就是谁家发丧的声音。战乱年月，看来镇上又有谁家遭难，抑或有人生老病死了。果然，半个时辰后，在县城通往运河的古道上，一列长长的送殡队伍逶迤而行。一行人披麻戴孝，哀恸不已，手扶棺木跌跌撞撞地朝前走着。没有人知道，陈家大孙子陈处泰，此刻正躲在送葬的人群当中。他此时剃了头发，穿上了一领袈裟，混在一群前来超度的僧侣中，在一路吹打伴奏中，向着城外慢慢走去。

千年古运河汩汩流淌着，宝应县城正在朦胧的薄雾中悄然醒来。

军警大队布哨的几位兵丁抱着大枪，依然倚在水泥电线杆子底下打着盹，像磕头虫一般，半天朝前猛顿一下。少顷，将眼睛揉过几下，打了一串长长的哈欠，然后准备例行公事，回去跟上司交差了。

陈处泰，这位从安庆潜回家乡的逃亡者，这位生命中被注入红色基因的青年学子，此刻再度踏上了新的远行旅程。

回首再望，家乡，那一片粉墙青瓦，曲径幽巷都被远远地抛在了身后。祖父已经年迈了，他那双昏花的老眼里，曾经有过多少对小孙子的期待啊！还有弟妹们，有的才刚刚学会走路……自己还能再回来吗？一想到这里，陈处泰的心里突然涌上一阵酸楚，望着身边慢慢移动、不时发出长泣的人流，他的泪水也在一瞬间模糊了双眼……

陈处泰清楚地知道，自己不会回来了。也许，未来有一天，他将会沿着脚下这条运河古道重归故里。但那时候，已不用再像现在这样躲躲藏藏的了。这是家乡的土地，他们是这片土地上真正的主人。那时候，天空阳光灿烂，脚下大道坦途，到处是鲜花绽放，绿草如茵。老人们不再愁苦，孩子们不再惊惶。那时候，校园里一片书声琅琅，邻里们举止之间俱各舒心展颜，笑谈过往。

是的，为了这一天，他还会继续走下去，肝胆所系，在所不惜。

……

陈处泰仿佛从此蒸发了。安庆军警遍搜不遇，感到跟上面交不了差，便继续跟陈家老宅较上了劲。

贾家巷周边，不管白天还是晚上，总是晃动着几个可疑的身影。那是执法大队派员在陈家周边留守、盯梢。稍有动静，便有一干通风报信的，轻则砸门，重则入室盘查。隔三五日，便到老宅来骚扰一番。陈家院落从此失去了往日的平静。年龄尚幼的孩子，一看见背枪的进来，眼神满是惊悸，吓得一迭声地连连哭叫，夜里时常在梦魇中惊醒，用棉被都捂不住哭闹声。家族上下不堪其扰。街坊四邻闭锁着门户，背地里却在窃窃私语，摇头叹息。老画师陈务人一时间心绪烦乱，再也无心思赋诗作画了。一生不曾弯腰的老画师，只好央人到上面斡旋，又忍痛将一幅获奖的中堂画轴，还有上百大洋，打个包裹托人送上去，这才把几位整天狗皮膏药似的黏在街巷周围的便衣弄走了。

老画师陈务人遭此打击，大病了一场。

陈处泰这孩子，小时候是多么乖顺和聪慧过人啊！十岁就由私塾直接考入官立高等小学堂"纵棹园"读书，当时是班里年龄最小的，但在大龄学长面前毫不怯让。各门功课游刃有余，图画、体育等学科常居全班之冠。特别是英语，那些在乡里孩子们看来奇怪的狗尾巴圈子，小处泰学起来竟然游刃有余。后来，一举考取了省属名校镇江中学。

那段岁月，"三近堂"老宅着实风光了一番。开学的日子，陈务人满面红光,亲自为孩子置办出门的行装,还特地把自己一只心爱的皮箱送给了小孙子。 临别时再三叮嘱,要心无旁骛,安心学业。 其时,老画师正好借住在镇江一座幽巷深处的古刹"静空禅院"卖字鬻画。于是祖孙俩相伴在那里,时常挑灯对坐,少年陈处泰执卷苦读,爷爷作画赋诗,各有所钟。 闲余开聊的话题,上下五千年、诗书礼法、泼墨丹青,无所不包。 时间长了,耳濡目染,小处泰深得个中三昧,小小年纪就练得一手好字、一笔好画,令同窗望尘莫及。 眼看着一条光宗耀祖的路,就这样越来越明晰了。 老画师捻着几缕棕白髯,时常吟哦几句"争映芳草岸。 画船未桨,清晓最宜遥看"。 心里那份熨帖啊,真的是喜不自胜。

孰料,随着西风东渐,各种新思潮、新运动带来的影响就像穿堂风一般弥散开来。 原先曾寄予厚望、指望能为家族争光的大孙子,竟然越来越偏离老画师苦心预设的人生轨道了。 先是逃婚,弄得家族上下不得安宁,带累得他在亲家和乡邻面前抬不起头来;后来又因闹学潮被军警追到老家来抓人,宝应县城一时间传得沸沸扬扬。 更让他担忧的,是说陈家后生放着好端端的书不读,竟然跟共产党有牵连了,那可真是掉脑袋的事哇!

老画师陈务人这些年走南闯北,虽说不是洞若观火,但对时局也有自己直觉的判断。 他总觉得大乱将至,平民百姓糊口尚且艰难,倒不如远离政治,埋头做学问才是正途。 哪知事情一桩接着一桩,眼见孙子的事情越闹越多、越闹越大,他不由叹息:一向家风谨严的陈家,竟然出了这样一个忤逆子孙……

更何况,在民风闭塞的运河古镇,"共党"两个字是万万碰不得的——一场"四一二"反革命政变,血雨腥风,多少家庭妻离子散。眼下,小镇线人密布,到处都有打探消息的暗哨,亲戚邻里都被鼓励积极举报。 一人出事,几家连坐。 但凡明哲保身的人家都知道,倘若跟共产党沾了边,家族怕是再无宁日了。

陈务人思来想去,辗转半宿,未能入眠。 末了,一声长叹!

时隔不久，上海《申报》上出现了一则不起眼的声明："陈网子已与家人脱离关系，一切言行概由本人负责，与家庭无涉。特此声明。"

5. 重逢

1929年，尽管白色恐怖依然笼罩在上海这座冒险家乐园的上空，但在当时严峻的政治高压态势下，红色基因依然以其特有、顽强的生存方式，在这座城市的每一处角落渗透着，并潜滋暗长着。

这天，沪西曹家渡棚户区来了一位形容特殊的客人。从衣着上看，有点像云游四方的僧人；但一件明显宽大的皂布长袍，还有头上那顶明显是仓促间搭配的帽子，包括他的举止谈吐，又多少显出几分不协调。

那人走近一家窝棚门前，轻轻叩了几下门扉。少顷，有个声音从里面传出来，问他找谁。来人说："请问，这里是金某某的家吧？"他轻轻从口中吐出了一个名字。就听里面"哗啦"一阵响动，柴门启开了，一位老妪拄着一根拐杖颤巍巍地站在那里。她警惕地盯着来人，继续问道："从宝应老家来的，你找金姑娘有事吗？"那人迟疑了一下，似乎一时不知如何回应。

正在这时，一个背着一捆柴禾的半大小子，从外面急匆匆地赶过来。他仔细端详、打量客人半天后，低声试探地问："哎，你不会是……姐夫吧？"

来人不是别人，却是金家小弟，叫金求真。他刚从外面捡柴火回来。

被唤作"姐夫"的人，这时候摘下帽子，露出有几分怪诞的光头，惊喜地说："你是金书的小弟啊？我就是陈处泰。"

少年金求真，从小在寒苦的环境中长大。自打记事起，就知道家族广为流传的一段指腹为婚的故事，小小的年纪他对此很好奇。而未来姐夫的模样，自然是在他幼小的心灵里描摹了无数回。后来，随着年岁渐长,他从姐姐口中始知,那个叫陈网子的男人,竟然是宝应古城远近闻名的青年才俊,不仅书读得好,品行也很出众,内心更是崇拜有加。姐姐金书跟他闲聊时,曾经几次勾勒过未来生活的图景。那是一个令人向往的家。新的环境,新的布置,新的亲属关系。特别是那个未来要做他姐夫的男人,竟然是同龄人中的翘楚。这种认知,一旦在一位正在成长的少年心中确立,便从此根深蒂固了。尽管后来姐夫在婚礼之夜出走,也没有能够改变他对这位心中偶像的崇拜心理。

现在,他打量着眼前的这个人,觉得既熟悉又陌生。而且……他的头发为什么要剃掉呢?这使他看上去,模样显得多少有些滑稽。这人为何而来,为什么会是这样的装束?少年金求真在脑子里急速搜寻着回忆,那个姐姐曾给他多次讲述过的形象,跟眼前的这个人,似曾相识。特别是对方那双目光灼灼、具有辨识度的眼睛,以及兄长一般诚挚的眼神,分明是在告诉他,站在门口的这个人,就是自己小时候的偶像,名叫陈处泰!想到这里,他再次肯定地说:"没错……就是姐夫,你是怎么找到这儿的?"

金家母亲听得此话,赶紧放下手中的东西,一迭声地将来客让到屋子里。

陈处泰又累又饿,满面尘垢,似乎快要站不住了。他拖着疲惫的身体走进去,坐下来。始知金家的栖身处,只是一间简易窝棚,其清贫的程度,简直可以说是家徒四壁。但里外收拾得整齐、干净,看得出,女主人很善料理家务。他四处打量了一下,似乎在找什么,找谁呢?

金家母亲端上茶来,看到对方脸上的表情,心里明白了七八分。

"先用茶吧,她去纱厂做工了,得很晚才能下班回来呢。"

陈处泰听了,忙不迭地站起身来,冲着金家母亲深深地鞠了一躬,说:"伯母,惭愧了,晚辈来得匆忙……"金家母亲摆了摆手说,"一家人千万别这样讲话了,快告诉我,你是怎么找来的?肚子该饿了吧，我这就熬粥煮蛋去。"

原来，不久前，因为金父年迈多病，典当行倒闭了，全家的日子陷入了困顿。为了维持生计，金母决定带着尚未成年的孩子到上海去投靠亲戚。其时的金书，正处在丈夫出走的风口浪尖上。世俗的偏见、生活的重压、家族邻里的平衡，都让她时常感到心力交瘁。思忖再三，她决定以送母亲和弟妹为由，暂时避开风头，便一起去了上海。

一路上，金家母女拖家带口，带着简陋的行李加入了首尾相接、一眼望不到边际的逃难人流，到处都是无序奔走、躲避轰炸、拖带着家口到远方寻求投靠的难民。一家人披星戴月，几经辗转，终于赶到上海。

眼前的十里洋场，到处是高楼大厦，入夜华灯齐放，一片灯红酒绿。可是他们根本无心观景，当务之急，是先找地方安顿下来。

几天后，一家人在沪西曹家渡棚户区好不容易租了房子。接下来，是寻找能够赖以糊口的生计。金母年迈，眼神也不太好使，只能在家里帮着料理家务。这样，全家人谋生的头等大事，就自然而然地落到金书身上。面对新的生存环境，这位从宝应来的民间女子身上似乎蕴藏着巨大的能量。刚到上海那几天，她带着妹妹整天在街头四处奔走，到处询问人家要不要干活的，洗衣、缝补，哪怕到码头上扛包，都行。最后终于在小沙渡路（今西康路）一家粗纱厂找到工作，做纺车工。薪水虽然微薄，但省吃俭用，也足以供养母亲和弟弟妹妹了。只是经常需要加班加点，有时候好不容易熬到下班，天早已黑透了。

陈处泰坐定后，小心翼翼地解释道，自己是到上海来找工作的，此前从二弟那里得到了地址……看着眼前老人喜忧参半的样子，他怕金母担心，更详细的事情便没有多言。

金家母亲望着主动找上门来的女婿，真觉得喜从天降！谈话中间，几次撩起衣襟擦眼泪。她急慌慌地里外张罗着，不一会，就将一盆熬好的白米粥，还有煮鸡蛋和几样小菜，热气腾腾地端上来。看着眼前的年轻人急匆匆地吃着，中间几次差点噎住，心里的疼惜感再度涌上来。饭后，又找出几件干净的衣帽鞋袜让他换上。灯光下的陈处泰，由于洗掉了尘土，头面一新地坐在那里，原有的书卷和轩昂之气，就不自觉地流露出来。金母真是越看越喜欢，不禁又老泪纵横。

少年金求真自陈处泰进屋起，目光便不离其左右。他跟前跑后，帮着取碗筷，拿换洗衣服，盯着对方吃饭时一开一合的嘴巴，盼着这位久未谋面的姐夫快些吃完，然后给他讲许多的故事，恨不得聊尽天下风景，将对方肚子里的奇闻逸事都掏空。他不时问东问西，有时冒出一些四六不着边际的话，逗得母亲和陈处泰几次笑起来。棚屋里充满了久违的温馨。只是陈处泰放松以后，浑身就像散了架似的，各种酸胀感也随之冒出来。又简单聊了一会，他很快就歪在床上起了鼾声。

少年金求真早已按捺不住，跑去跟姐姐通风报信去了。

金书在纱厂上白班，到下午五点钟才下班。远远地，看到弟弟瘦小的身影站在那里，就想：今天是怎么回事，不会是家里出了啥事吧？待走到近前，才发现弟弟的眉眼间都是喜气，便问他有什么好消息。弟弟心情快活，揣着话不直说，反而让她猜。金书接连两次都没猜中，心想：弟弟今天怎么啦？竟然变得这么调皮，往常不是这样啊！他心里可是从来存不住话的。

正思忖着，忽听弟弟嘴巴里冒了一句："嘿，你猜谁来了？"金书随口附和了一句："谁来了？"话音未落，心里突然怦怦狂跳起来！弟弟未及搭话，但从他脸上的表情中，金书已经知道大概了。万千滋味，一时间涌上心头，她的眼泪忍不住流了下来。弟弟拍着手说："姐夫来啦，你怎么反倒哭了？"

金书也不回答，一把拽着弟弟，急急地朝家里走。后来还是弟弟提醒，又赶紧绕到附近一家菜场，买了些水果时蔬，又买了一包酱肉，还有两尾活蹦乱跳的鲫鱼，由金求真拎在手里。金书一路走，一路听弟弟讲了陈处泰上门前后的过程，心里头翻江倒海，将前事今况又回味了一遍。 越到家门口,越感觉慌怵。 走到家门前,她干脆停下了脚步。

金求真诧异地问:"咦,姐你这又是怎么了……"金书眼圈红了,说:"你先将菜拎进去吧,我还没想好该怎么说话。"金求真说:"你不早就盼着么,怎么反倒连话都不会说了?"金书轻声斥道:"你个小屁孩懂什么,他为何而来你不知道吧。"金求真笑着说:"还不是来找你的。"金书说:"找我做什么你知道吗?"金求真眨眨眼睛说:"不知道啊……"他年龄尚小,哪里知道姐姐怕的是多少日子苦守苦等,临了盼来一纸休书呢——古戏里往往就是这样唱的。 一想到这些,金书的脚就比灌了铅还沉重。 小求真哪里晓得她的心思,觉得姐姐今天是怎么了,就拽着对方的膀子硬朝屋子里推。

姐弟俩正拉扯着,门开了,陈处泰从里面走了出来。

四目相对,多少怨艾,多少情分,多少恨意,抑或更多说不清的东西,刹那间都涌上了彼此心头。 陈处泰的心里愧怍、惶然,揣着许多的解释,也只化作一句:"回来了? 一直在等……"金书本想回应,一张口,喉头竟然哽住了,忍不住背过身去抹起眼泪。 陈处泰僵在那里,气氛有点尴尬。 他急忙接过金求真手里的鱼,把话头岔开去:"看看,是不是你把姐姐气哭了……"

一句话,把金书又逗乐了。

说话间,三人都进到屋子里。 待坐下来叙话,两人才发现,彼此之间依然有着某种疏离感。 这在陈处泰,更多的是由于他一直在外读书,对眼前的女子所识不多,有些话根本无从谈起。 加之指腹为婚的阴影,让他的心理上有种天然的抵触,所以反而把想要了解对方的欲望抑制住了。 但无论如何,逃婚之举,他是有愧意的。 毕竟,对方只是一名手无缚鸡之力的弱女子呀! 想到这里,他诚挚地盯着金书的眼睛,唇角浮上满是歉意的微笑。 而在金书,嫁了个书生丈夫,却在洞房之夜一走了之,不管怎么说,心里总是有疙瘩的。 他所为何来? 为什么偏偏选择这个时候来到这里? 看模样,莫非是出家了? 陈处泰看出她的担忧，轻声说："到上海来找工作，自然要先奔到这里。"

一句家常话，将金书心头的顾虑暂时打消了。

这天夜里，两人像朋友那样聊了许久。陈处泰将闹学潮如何被开除，后遭全国通缉，然后被军警追到宝应捉人，如何化装出逃的事和盘托出，同时将他对家国形势的忧虑，以及来上海的打算等，都向眼前这个女人一一讲述。并解释了此前的逃婚行为，更多的是出于对旧式强制婚约的不满，生怕过早地被家庭绊住腿，丧失了斗志，想趁着年纪尚轻，还是要做一番大事业。况且战乱年代，连性命都朝夕难保，不想过早地牵累家族，等等。陈处泰的内心却还有一层话没说出来，即将来两人能否走到一起，还得看是否有缘分和共同的追求了。

金书听得目瞪口呆。对于眼前的这个男人，她只知道他是宝应有名的才子，哪里晓得竟然经历了这么多惊心动魄的事情。陈处泰的那些话，在她听来，有些能懂，有些则懵懵懂懂，无法深入理解。但她也知道，那些事都是很危险的。她在上海纱厂里做纺纱工，也断断续续地听说，大革命失败后被杀的人很多。现在，丈夫正在做和将做的事情，也跟他们有关吗？但是，金书就是这样的女人，一旦认准了，不管对方是什么人，都会一路跟下去的。执子之手，与子偕老。在这方面，金书这位运河古镇上的宝应女子，跟所有古老中国的传统女性毫无二致。现在，她坐在那里静静地听着，将丈夫所说的每一句话、每一个字，都近乎贪婪地深深印在脑子里。

看着陈处泰由于瘦弱而显得格外大的眼睛，她竟然隐隐有些心疼起来。

最后，陈处泰跟她透露了一个酝酿已久的计划，他准备在上海考大学，以获取更多的知识。金书看着对方的眼睛，用力点了点头。

自此，陈处泰暂时在金家住了下来。

当年民间流传着一句话："衙门朝南开，有理无钱莫进来。"目睹旧中国民不聊生的黑暗现实，看到穷苦百姓始终被压在社会最底层，陈处泰心中萌生了再度报考高校的念头。他认为，生活在一个现代文明社会，人不能够没有学识。只有学有所成，然后去影响更多的人，才能将中国这艘搁浅的大船从泥淖中解救出来。所以在赴上海之前，他就打定了主意，准备报考上海法政学院。

这样一个远大的目标，自然需要足够的知识库存作为支撑。尽管此前有扎实的家学功底，陈处泰还是不敢掉以轻心。他为自己制定了一套严苛的学习计划。在时间的利用上，精确到以分秒计算。然后，每天遵循严格的步骤，除去睡觉、吃饭以外，其他大部分时间都埋头"啃"那些大部头的法学书籍。举凡视野所能见到的，不论古今中外，基本都在他的苦读范围。对于那些生疏的名词，则反复查据、考证，直到完全弄通弄透为止。

金家上下，自从陈处泰来了以后，就全力扶持他复习迎考。

金母见识不多，总觉得读书是天下第一等苦差事，满脑子转的，都是古人头悬梁锥刺股的说道。对这位远道而来的女婿，她自然是格外上心，嘘寒问暖，递送汤水，十分周到。特别是看到他常常一熬便是通宵，更是心疼得很。明里暗里，将日常的伙食开支节省下来，设法去农贸市场买老母鸡炖汤，给陈处泰滋补身体。陈处泰读书至痴，平时很少关注生活细节。直到有一天，他发现金求真似乎比以前更瘦了。待盘问细节，才知道事情的原委。思忖之下，尤感愧怍。从此再也不单独用餐了，一定要等全家人聚齐以后，在一张桌子上共同开饭。金母推辞不过，只好依从。

金书利用在纱厂上班的空余时间，又在外面揽了一份手工活。下班以后熬夜织毛衣、补衣服，挣点外快，为陈处泰增加营养。连金求真都比往常多了些乖顺，不再缠着姐夫整天问东问西，或要他讲那些永远也讲不完的故事。他们都知道陈处泰在忙着备考。这件事，跟他们未来的人生走向，跟金家以后的生活模式，都有一定的关系。

……

几个月后，一位叫陈成的年轻人，以优异的成绩考进了私立上海法政学院。他就是陈处泰。

接到通知书那天，一家人开心地围坐在桌子旁边。金母不识字，就让陈处泰把上面的内容念给她听。一边听，一边笑呵呵的。那股高兴劲儿，就跟捡了个金元宝似的。少年金求真不无羡慕地反复看着，将信封打开来，又合上。在他看来，姐夫考上了法政学院，毕业后就是有名的大法官了。那时候，惊堂木一拍，准保吓得坏人屁滚尿流。金书忙里忙外，也觉得无论如何，日子总算有奔头了。

自此，陈处泰在上海的革命生涯掀开了新的一页。特别是他在这里打下了深厚的学业基础，为他后来理论和实践兼容的革命旅程，揭开了新的重要篇章。

上海法政学院，坐落在上海金神父路（今瑞金二路）450号。它创建于1924年9月，是国民党元老徐谦奉孙中山之命创立的。上海法政学院初创时名为女子法政学堂。原来的校舍都是在附近租赁的民房，分散为三四处。1926年，校董冯玉祥出资5万大洋，在打浦桥金神父路口购了一块地，用于新校舍的建设。1929年，学校成规模后，更名为"私立上海法政学院"。

抗战期间，这里的校舍曾经作为伤兵医院，爱国师生也由此分赴抗日前线。此后，打浦桥院址曾被日伪占用，抗战胜利后复迁原址。1951年，上海法政学院与诚明文学院等5所私立院校合并，改名上海学院。一年后，又分别并入复旦大学、上海财经学院与华东政法学院。该校累计毕业学生4000余人，著名法学家史良即为该校首届毕业生。

从有关资料上，我们看到一张上海法政学院的旧址照片。从校园的外貌看去，有着那个年代中西合璧的典型特征。即使放在今天来看，它恢弘的建筑风格，它的现代化气息，还有它高高耸立的钟楼，依然气势非凡。校舍门前车水马龙，显现了20世纪30年代上海滩的繁华盛景。更远处的楼群，灰白的天宇，还有近处疏落的树影，则折射出这座悠远的历史陈迹百年的沧桑。

陈处泰就是在学校改名扩招之际考入的。

"四一二"反革命政变以后，国民党上海市党部曾因校长徐谦"思想左倾"拟解散学校，后经全校师生坚决抵制，才保存下来。此后，学校里的进步师生经常遭到迫害。但是受上海大革命的时代大气候影响，这里藏龙卧虎，已经成为中共在上海领导发展左翼文化的重要基地之一。抗战期间，学校曾应秦邦宪要求，增办新闻专修科，专门培养抗日宣传新闻人才。

陈处泰投身沪上的第二个月，收到一个从外地寄来的包裹。

打开一看，里面装着一些春秋换洗衣物，以及简单的被褥和书籍。其中最显眼的，是一本英文版的《资本论》。陈处泰一见之下，大喜过望！原来，这正是他仓皇出走时，遗落在宝应西城墙根堂兄陈明山家里的东西。尤其是那本《资本论》，曾经伴随他度过了无数灯下苦读的日子，也记载了他为追寻革命之路上下求索的片片履痕。再见此物，他不胜感慨，竟然一时不敢相信是真的。

说来话长，围绕这本书的一连串经历同样令人难忘。

早年陈处泰在镇江南泠书院读书的时候，作为班上年龄最小的学生，他的各门功课都取得优良的成绩，其中哲学、英文尤为出色。一次偶然的机会，陈处泰正在学校图书室翻阅《自然辩证法》，引起了一位叫马力的哲学主讲老师的注意。很久以来，从宿舍到饭堂，从教室到图书馆、实验室，再到教学区、生活区和体育区，这位少年才俊的身影时常在马力老师眼前晃动。他的机敏、勤学，他眉宇间为同龄人所不多见的深沉，都给这位老师留下深刻的印象。当时已近中午，马老师看到他入神地读着书，好像已经忘了饥饿，就把陈处泰带到自己家里吃中饭。经过交谈，才知道眼前这个学生确实早慧，对几部马克思主义经典著作也有所知悉，且有不俗的见解。他谈到辩证唯物主义，谈对许多科学知识的理解，包括对一些时政积弊的分析，鲜有激进，竟然都有着自己的独立思考。望着眼前这个稚气未脱的少年学子，马老师吃惊之余，欣赏有加。而在少年陈处泰眼里，马力老师不但是可敬的师长，同样堪称人生路上值得信赖的引路人。师生交往遂密切起来。时隔不久，马老师去欧洲游学，临行前将自己的心爱之物，一本英文版《资本论》送给了陈处泰。那本书经过不知多少岁月的摩挲，辗转过多少位读者，封面边角已经磨损了。

陈处泰如获至宝，此后不管走到哪里，都要细心裹到行囊里，不忘了带在身边。他知道老师的用意，也希望能够汲取更多的知识，以更广阔的视野观照，从沉疴积弊中探寻一条打碎旧中国枷锁的路。

现在，摩挲着那本翻得几乎起毛边的书，看那赭红色的带有隐形线花纹的封面，陈处泰真是无限感慨！又想到，当初若不是堂兄塞给他两块光洋，怕是寸步难行，更遑论转赴上海投亲靠友了。这些年，他经历无数磕绊跌打，就是由于诸多亲情和友谊的扶持和帮衬，才能够一路风雨无阻地走到今天。

包裹收件地址一栏，写的是曹家渡，收件人金书。

这位温良的女子，对陈处泰的来去不问缘由、不究根底，只是凭借着善良的本能，和母亲、弟弟全力辅助于他。特别是日常生活中的悉心呵护，复习备考期间的照应，堪称无微不至。陈处泰一路走来，浮浮沉沉，几度险遭灭顶之灾。眼下，终于金榜题名。对这位在人生的紧要关头，能够跟自己风雨同舟的女子，他自然充满了深深的感激，内心久冻的冰川终于慢慢开始消融了……

八十余年后，我们在雨花台烈士纪念馆的烈士档案中，看到了那本英文版《资本论》的图片。原书为上海龙华纪念馆永久收藏。经过半个多世纪的岁月辗转，它竟然能够保留到今天，真是一个奇迹。

6. 社 联

现在，我们该来说说"社联"了。

打开网络搜索引擎，相关词条是这样定义的：中国社会科学家联盟，简称"社联"，是第二次国内革命战争时期中国共产党领导的重要的革命文化团体之一。根据《中国社会科学家联盟纲领》，显示其任务为：① 以马克思主义理论促进中国革命；② 普及马克思主义理论；③ 批驳一切非马克思主义思想；④ 领导新兴社会科学运动沿着正确的方向发展；⑤ 参加无产阶级解放运动的实际斗争。

"社联"出现的时代大背景，是1927年第一次国共合作破裂后，在国民党统治区出现了一个翻译、研究、宣传和出版发行马克思主义理论与著作的社会科学运动热潮。这时候，一批中国共产党的知识分子和理论工作者纷纷从各地汇聚沪上。在20世纪30年代的上海滩，各种观点的碰撞异常激烈，点燃了左右思潮交锋的熊熊烈焰。为了加强对这条战线的领导，中国共产党决定建立一个社会科学方面的统一组织——中国社会科学家联盟，以推动新兴社会科学的研究，拓展马克思主义在中国的传播，促进中国革命。

1930年5月20日，在中共中央文化工作委员会（简称"文委"）的领导和组织下，中国社会科学家联盟在上海正式宣告成立。

从表面上理解，这是一个研究和传播马克思主义的文化理论团体。

它除了机关刊物《社会科学战线》外，还先后创办了《研究》《新思潮》《社会现象》《时代论坛》等在上海名噪一时的进步刊物，并且由吴黎平、杨贤江、李一氓、艾思奇等人翻译出版和编写了恩格斯的《反杜林论》与《家庭私有制和国家的起源》《马克思论文选译》《哲学讲话》（即后来出版的《大众哲学》）等在中国早期革命史上产生过重大影响的著作。它对于在纷纭思潮中理清思想脉络，引领许多人走向马克思主义的追寻之路，可谓功不可没。

实际上，"社联"的另一重功能，也就是它特别注重的一条，是中国共产党团结党内外社会科学工作者的统一战线组织。其纲领宣称，对中国的政治经济分析旨在"促进中国革命"，并强调"革命的马克思主义者"应该努力参加到中国无产阶级解放运动的实际斗争中去。

从1930年成立到1935年，短短五年时间里，参加无产阶级解放运动的实际斗争这一条，其实已经属于"社联"一以贯之并且最重要的践行准则。

其时，国内的政治斗争形势不断变化，"社联"并没有闭门造车，而是将它的运作思路不断融入广阔的现实社会，成员结构也随着形势变化不断更新。盟员由最初的文化人群体，陆续扩大到工厂、学校和职员中，使得队伍越来越壮大，也有了更加稳定的社会支撑，从而在发动群众、教育群众、展开爱国政治斗争等方面，拥有了更为广泛的号召力。这给后续阶段进入全民抗战运动，建立广泛的民族统一战线，打下了坚实的基础。

"社联"成立于大革命失败之后、中共地下活动陷入低潮之际，这在白色恐怖笼罩下的上海滩，其意义非同寻常。

这一年，毛泽东写下了《星星之火，可以燎原》，对党内和红军内的悲观思想作了批评，标志着"以农村包围城市，最后夺取城市"的革命理论基本形成。

是年，中国工农红军经过改编，不断壮大革命武装；鄂豫皖红色根据地相继建立；中央苏区击破蒋介石第一次"围剿"。与此同时，红色种子宛若蒲公英，在高天朔风中四处飘散，落地生根，于河沟堰边、岩壁之上，不断开出顽强的花。

今天看来，"社联"应运而生，作为诸多左翼文化团体中最大的一个组织，能够在上海滩立于潮头，并且和其他联盟一起，先后发挥极其重要的作用，皆由于它有一个坚强的领导核心——党团组织。这个核心曾先后有八任书记，他们分别是朱镜我、张庆孚、沈志远、郑彰群（张启富）、许涤新、马纯古（马亚人），还有本文的主人公陈开泰（陈处泰）。

1933年，许涤新（中华人民共和国成立后成为著名经济学家）任"社联"第六任党团书记时，陈处泰就是常委，等于进入了团体的领导核心。

我们注意到，陈处泰担任"社联"党团书记之际，中国正处在左翼文化运动面临转型的重大历史时期。这位从宝应走出来的青年学子，经过风雨历练，由"社联"党团书记，到"文委"委员，再到"文总"（中国左翼文化界总同盟）书记，受命于危难之际，堪称力挽狂澜。直到最后命殒金陵，用热血祭洒了红色信仰之花。

这个世界上的许多事情，都是枝叶承系，互为因果。

如果我们大致梳理一下陈处泰红色履痕的脉络，就会发现，他后来进入"社联"核心阶层，其实并非偶然。在安徽大学，他就读于社会科学部；在上海法政学院，他钻研经济学专业；小沙渡，是他生活居住地，亦是当时"社联"读书会的重要地点之一。不管是在劳动大学的许涤新，还是上海法政学院同学邓拓、陶白，抑或马纯古，他们一路走来，荜路蓝缕，从相识、相知，到成为社联的中流砥柱，都可谓水到渠成，有着必然的联系。

"社联"成立不久，陈处泰即由许涤新、马纯古两位同志介绍，成为"社联"最早的盟员之一。他以无比的政治热情投身革命，和陶白一起被分配到沪东从事工人运动。在所有重大的活动中，几乎都有陈处泰和他的战友们忙碌的身影。

他放下手中的笔墨，走出书斋，脱掉知识分子特有的长衫，穿上工装，挽起袖子；在工厂，在车间，在被风雨吹倒的工棚和泥泞不堪的矿区，和工友们同吃、同睡，一起劳动，一起体验喜怒哀乐，向他们宣讲着那些朴素的革命道理。他一步步打开工人们的视野，告诉他们：只有砸碎禁锢在身上的锁链，人民才能获得新生……陈处泰虽然出身书香之家，但知识分子特有的人文情怀，使他对工人们有着天然的亲近感。它就像风之于大地，万物之于水流，与生俱来，与价值理念中对劳动群体创造力认可的红色信仰有关。

表面上，工友们会喊他陈先生，私下里，却早已将他视作自家的兄弟，心里揣着话都愿意跟他说出来。从他们口中，陈处泰了解到更多的民间疾苦，更深切地感受到打碎旧体制的迫切性。工人们一年四季像蝼蚁似的辛苦劳碌，所挣的那点微薄的薪水却无法填饱肚皮，一家人的生老病死，都只能听天由命。这样的社会体制已经病入膏肓，早就该推倒重建了。

"社联",从此也成为这位职业革命者在沪上沐风栉雨,从事他短暂一生红色事业的主要政治舞台。

就在这个时候,上海发生了历史上著名的"左联五烈士"事件。

1931年1月17日、18日,国民党淞沪警备司令部以"共产分子""宣传赤化"等罪名将胡也频、柔石、殷夫、冯铿、李伟森五位"左联"作家秘密逮捕;2月7日,他们与另外十八位共产党员一起,在上海龙华被秘密杀害。

"左联"即中国左翼作家联盟,是以创造社、太阳社成员和鲁迅麾下的一批作家群体为基础建立起来的,聚集了当时几乎所有中国左翼作家中的精英人物。由于一代文化巨擘鲁迅的参与和引领,使得它当年在上海滩成为左翼革命的风向标,风头一时无两。"左联"的作家们,不仅用文字来回击国民党的文化"围剿",还直接参与了同国民党当局的政治斗争。许多作家走向街头,在中心城市举行公开的"飞行集会""节日游行""总同盟罢工",甚至宣传"武装暴动",为此,付出了血的代价。同时,他们以各自的不同斗争经历和亲身感受创作了一大批文学作品,谓之初期无产阶级革命文学,影响力甚巨。

这其中,柔石的小说《为奴隶的母亲》《旧时代之死》《希望》,殷夫的诗歌《血字》《伏尔加的黑浪》《一百零七个》,特别是他在狱中写下的《在死神未到之前》,都以文学作品特有的艺术功能,表达了对黑暗势力的控诉,以及打碎一切不合理制度的强烈呼吁,在人们心中激起巨大的涟漪。

我们随手撷取殷夫的几段诗歌,都可以感受到当年这些文学作品振聋发聩的呐喊及力量。

血 字

……

我是海燕,

我是时代的尖刺。
"五"要成为报复的枷子,
"卅"要成为囚禁仇敌的铁栅,
"五"要分成镰刀和铁锤,
"卅"要成为断铐和炮弹!
……
两个血字不该再放光辉,
千万的心音够坚决了,
这个日子应该即刻销毁!

五一歌

在今天,
我们要高举红旗,
在今天,
我们要准备战斗!

怕什么,铁车坦克炮,
我们伟大的队伍是万里长城!
怕什么,杀头,枪毙,坐牢,
我们青年的热血永难流尽!

我们是动员了,
我们是准备了,
我们今天一定,一定要冲,冲,冲,
冲破那座资本主义的恶魔宫。
杀不完的是我们,
骗不了的是我们,
我们为解放自己的阶级,

我们冲锋陷阵，奋不顾身。

号炮响震天，
汽笛徒然催，
我们冲到街上去，
我们举行伟大的"五一"示威！
我们手牵着手，
我们肩并着肩，
我们过的是非人的生活，
唯有斗争才解得锁链，
把沉重的镣枷打在地上，
把卑鄙的欺骗扯得粉碎，
我们要用血用肉用铁斗争到底！
我们要把敌人杀得干净，
管他妈的帝国主义国民党，
管他妈的取消主义改组派，
豪绅军阀，半个也不剩！
不建立我们自己的政权——
我们相信，我们相信，永难翻身！

　　左联五作家被害后，"左联"在第一时间发布了抗议和宣言，指斥国民党反动派的罪行，得到了国内外进步力量的巨大呼应和支持。由此，我们就不难理解，为什么直到今天，大部分人只要一提起"左联"，马上想到的，便是那批30年代名扬上海滩的作家或艺术家了。

　　频繁的罢工、飞行集会、游行等正面亮相，在多维度展示革命力量的同时，也不可避免地带来一些负面作用，即过多地暴露了地下党组织，引来了更为严酷的打压。特别是一些著名社会进步人士的抛头露面，使被捕成为光天化日之下的寻常事，大革命浪潮在浪涛翻卷、席卷十里洋场的同时，也越来越展露出它残酷的另一面。

与此同时，上海英法租界配合国民党政府，明令禁止印刷业为中共提供任何服务，宣称将在夜间检查所有印刷厂，凡有印刷《红旗日报》及其他进步刊物的，一律查封，没收财产。告示一出，各种规模不一、形式不拘的印务公司、印刷厂，关门的关门，倒闭的倒闭。短短数日，失业工人陡然增多，欠债的、讨薪的、卷起铺盖跑路的，一时间引发诸多社会矛盾。

《红旗日报》也被迫停刊了。

这份刊物进步特征明显，在当年的上海滩，曾经作为中共地下组织的喉舌，为红色浪潮鼓与呼，遐迩闻名，影响了无数热血青年，投身革命的滔滔洪流。为此，中国共产党认为损失巨大，敦促尽快恢复办刊。

谁来担当这个重任呢？

组织上经过反复权衡和筛选，最后不约而同地想到一个人——陈处泰。在过往的革命活动中，这位年轻人所表现出来的个人气质、责任担当，他的临危不乱、缜密思维，以及良好的学养功底，包括融入工农大众的天然适应能力，都让组织上觉得，他是承揽此项工作的不二人选。

于是，复刊任务落到了这位青年职业革命者的肩上。

组织上要求他立即运用社会关系，想办法筹集资金，自办或顶进一个印刷厂，用来印制《红旗日报》，以此摆脱敌人的牵制。

7. 联　袂

这天周末，下午四点钟左右。上海多伦路的一家茶馆里来了两位客人。一位是陈处泰，另一位身材伟岸，穿一套白色的西装，看上去天庭饱满，气宇轩昂。他就是华睆，陈处泰的宝应同学，眼下更名为华克之。

华克之这个名字，对于如今的许多年轻读者来说是非常陌生的。

人们很难想到，他的名字与大革命时代的许多大人物、大事件都联系在一起，是一位当年战斗在隐秘战线上真正具有浓烈传奇色彩的人。

1902年12月20日，华克之出生于宝应县氾水镇五里埠村的一个衰落封建世家。他自幼天姿聪慧，小学毕业即以全校头名的成绩，考入南京省立第一中学读书。1920年，在读二年级时阅读了孙中山的著作，从此树立了对三民主义的信仰，常以"三民主义信徒"自诩，身边聚集了一批志同道合的热血青年。不久，便当选为学校学生会主席，并加入当时还处于地下的中国国民党，经常以学联代表身份参加校外社会活动。

中学毕业后，华克之再次以全校第一名的成绩被保送金陵大学。

1924年1月20—30日，国民党第一次代表大会在广州召开。会上，宣布实行"联俄、联共、扶助农工"三大政策。华克之被选为国民党南京市南区党部委员，并当选为金陵大学学联理事。1925年5月，上海发生了震惊中外的"五卅惨案"。华克之积极参与组织南京市"五卅惨案"后援机构。不久，被选为国民党南京市党部委员，并担任青年部长。当时，国民党南京市党部有7个委员组成，其中包括宛希俨、侯绍裘、萧楚女等共产党员4人。

华克之与他们在工作中建立了良好的关系。

1927年3月24日，北伐军占领南京。"四一二"反革命政变嗣后上演。刹那间，血雨腥风弥漫了上海滩。华克之彻夜无眠。4月12日当晚，他联系了部分人员，以个人名义贴出海报，召集全市国民党员集会。两天后，南京市6000多名国民党员和左派人士，如期赶到城南女师大参加集会。那天风刮得很大，华克之身着长衫，手持话筒，在现场慷慨陈词。由于广场上聚集的人太多，他声嘶力竭，痛斥蒋介石背叛孙中山遗训清党反共、分裂革命的逆天之行。一时间，引发了民众难以抑制的愤怒。会上，通过了《要求中央制止分裂继续北伐的决议案》，并组织了规模浩大的游行示威。

"可绝六亲求民主，怎为五斗事暴君？坚持三民三政策，钟山雨花有知音。"

这首诗,淋漓尽致地抒发了青年才俊华克之当年忧国忧民,向往革命的心境。

如此公开挑战当局,自然引起了蒋介石的不悦。他亲笔手书一封,派人带给华克之,约这位年轻的国民党左派面谈,劝其放弃三大政策和反蒋立场,并投到他的门下。本以为华克之会欣然领受,孰料,他却严词拒绝。为此,华克之曾经先后三度身陷囹圄。幸亏国民党内的几位朋友多方营救,甚至请出国民党元老吴稚晖、蔡元培等人向蒋介石说情,他才得以脱困。

1929年初秋,华克之被迫离开生活近十年的南京,搬到上海法租界金神父路法政学院对面的新新南里232号小楼,与同乡好友陈处泰同住。虽然党派不同,但两人都走在为民族救亡图存的路上,殊途同归,遂成莫逆。

华克之天赋极高,才识过人,加上颇具性格魅力,在国民党上层有着丰富的人脉。他带来了一部分变卖祖产所得的资金,加上天生的经商禀赋,手头相对宽裕,这使得陈处泰在沪上组织活动资金及生活上的困窘之境大为改观。

原来,陈处泰到上海后,宝应老家即登报宣布跟他脱离关系,自然也断掉了一切经济来源。金书在纱厂做工所挣的那点微薄工资,仅够糊口。陈处泰平素着眼于家国忧患,整天忙于革命活动,根本无暇去挣钱养家,日子自然过得格外局促。

同乡华皖华克之的到来,无异于雪中送炭。

自此以后,陈处泰就把铺盖搬到办公室,将那里作为自己的栖身之处。日常工作、开伙都在一处,同时也给熬夜加班带来了极大便利。很多时候忙至深夜,和衣一裹就躺在办公椅上倒头睡去。一觉醒来天已大亮,自诩打雷也惊扰不了黑甜乡。平素同伴们聚到这里边开会,时常随手拎点冷熟食过来。就这样搭伙聚餐,也省去不少采买的劳顿和时间。既为志同道合,自然有着太多的默契。

现在，两人茶过数巡。聊过几句天气，看看近处并没有什么可疑的动静，陈处泰便放低声音说，"家里遇到了难题，不知大哥能否助一臂之力……"

华克之问具体遇到了什么困难，陈处泰就把办印刷厂的事情说了。他知道对方人脉甚广，有些话心有灵犀，似也无须赘叙。

华克之稍加思索，沉吟道："这么大一笔钱，怕是一时间筹不出来。现在外面风声很紧，我们必须有一个能摆得上桌面的理由。或许，还可以再想想别的办法。"

陈处泰点了点头，顺口提到一个叫王亚樵的人。

王亚樵，1889年出生于安徽合肥，自幼聪颖过人。少年时期目睹官吏豪强压榨人民，恨之入骨。每次与青年志士谈论"国家兴亡，匹夫有责"，必然慷慨悲歌，感佩不屈不挠之士。邻里友人多赞其有古烈士风。王亚樵早年浪迹江湖，在上海滩为争夺地盘参与过帮派争斗，也曾多有逾矩。1927年以后走上反蒋抗日之路，几次拒绝与蒋介石合作，诸如不给蒋组织南京劳工总会，不接受南京政府的高官厚禄，数次将戴笠拒之门外……并将自己的同乡小妹尹粹琳介绍给华克之，两家结为秦晋之好。

陈处泰是在华克之的引见之下结识王亚樵的。相识不久，陈处泰良好的人格修养、厚实的理论功底，以及一腔家国情怀和忧患意识，都让对方刮目相看。王亚樵和所有的江湖人物一样，喜欢结交名士，尤具爱才惜才之心。作为上海滩上风云一时的人物，王亚樵在地方上的势力极大，此前早已经被中共地下组织列为争取对象。彼此熟悉以后，组织上曾经几次找他解决过活动经费，包括为保释共产党人出面找出庭律师，王亚樵都爽快地帮助解决了。

现在，华克之心领神会。陈处泰继续说："经过分析，我们觉得王亚樵人很仗义，有经济实力，又一直倾向革命，应该是合适的资助人选……但这次，毕竟数额太大了，愚弟尚年轻，倘一旦弄不成，怕影响了以后走动。思忖再三，深感兄长韬晦多谋，又处事圆通，还是由您出面斡旋为宜。"

华克之胸有成竹地说:"我也早就想到他了。正好过几天郑抱真（中华人民共和国成立后曾任安徽省副省长）有事相约,到时候可以请王亚樵一起过去吃晚饭,等见了面再详谈,你看如何?"

陈处泰一听心花怒放。他一边用力点了点头,一边暗暗佩服对方的先见之明。

接下去,华克之又将几方人物关系、事态如何演化、具体推进步骤等,一一做了分析和筹划。陈处泰越听心里越透亮,禁不住抓住对方的手使劲晃了几下。两人不谋而合,他的心情顿时放松了许多。

自打接受任务以后,陈处泰曾经很长时间夜不能寐。每天晚上,一躺下来,脑子里便忍不住紧张地运转起来。筹款、选址、印制,掩护工人的身份,做到万无一失的发放……琢磨了无数遍,又推翻了无数遍。几次辗转到旭日临窗,犹浑然不觉。确切地说,这样的担子,没有足够的底气是挑不起来的。尤其在时下的上海滩,别说办印刷厂,就是把报纸印出来,如何运出去,又怎样分发到读者手里,都面临着一系列棘手却又无法回避的问题。眼下,军警的坐探密如蛛网,遍布在这座城市的每一根经脉上,稍有不慎,便牵一发而动全身。但既然组织上这样安排,自有其道理。他所能做的,就是想尽一切办法把任务完成好。

想到这里,陈处泰再次感到,眼前的这位宝应同乡来得正是时候。

华克之搬到小楼后不久,因为妻子要到外面求学,就在附近的锡德坊给她另租了一处房子。于是,这座合住的小楼,已经变成了一群志同道合的伙伴议事、辩论、策划的专用场所。同时,也免去了陈处泰的衣食之虞。其实,直到此时,华克之还只是一名坚持三民主义的国民党左派人士。但他与陈处泰脉出同乡,又曾同窗共读,一起闹过学潮,早已视陈处泰为生死战友。更何况,当年受华克之资助的不止陈处泰一人,陈赓、周扬、艾思奇都曾经直接或间接地得到过他的帮助。

这座小楼，史称"危楼"。 也许当时，几位年轻人并没有意识到，五年以后，一桩中国现代史上的惊天大案会在这里谋划出炉，并且在20世纪30年代的六朝古都金陵轰轰烈烈地上演。

俗话说，万事开头难。 陈处泰没有想到开局竟然如此顺利，心中自然是一块石头落了地。 单等来日三堂会，他跟华克之将双簧戏唱好，确保事情的推进万无一失。

孰料第一次见面，对方并没有明确答复。

酒过三巡，菜过五味。 几个人面酣耳热之际，华克之对王亚樵说："当下的形势，想必大哥已经有所知晓。 眼下，全上海的印刷厂都接到了通知，不许印刷敏感刊物，违者一律惩戒。 轻则财产充公，重则判罪……"

说到这里，他故意停了一下，将酒杯轻轻搁到桌子上。

王亚樵听着，聊着，心里头难免五味杂陈。 特别是当几个人谈到执法军警人员的颐指气使，来去无踪，时常于三更半夜上门搜查，一语不合抡起抢托就打，其扰民恶行已与土匪无异。 不管怎么说，强龙不压地头蛇。 在上海滩上，他王亚樵也算得上说一不二的人物，那帮乳臭未干的家伙仗着来头大，任谁都不买账，甚至在他的眼皮底下公然勒索，委实难掩心头那口恶气！ 在他看来，区区几张油印字纸，也算不了什么，完全犯不上小题大做。 现在，连他地盘上的几个门面店铺都被搅得鸡飞狗跳，先后被勒令关张打烊。 带累得一堆工人卷铺盖回家，连买米下锅钱都没了。 前几天，一个手下的妻子上门哭诉，披头散发不讲，还在控诉时挟枪带棒地将底下人揶揄王亚樵的话也捎带出来，弄得他心情很是不爽，暗忖：再这样下去，还能给人活路吗？ 想到这里，他眉宇紧锁，一时间胸口堵得厉害。 思忖来客可能还有别的话要讲，就没有吭声。

果然，陈处泰在旁边接话道："是啊，眼下我们有份油印小刊也遇到了这样的困难。 现在全上海的印刷厂无一敢承印，怕的是突击抽查，砸了饭碗呢……"然后跟华克之对视了一下，静观对方的反应。

王亚樵默坐片刻，沉吟道："噢，是这样，想必二位有什么隐衷吧，我们都是割头不换的兄弟，有话直说就好。"

陈处泰就把《红旗日报》的事简单说了，但对于它的喉舌作用，对中共方面的意义，以及如若停刊所带来的影响等，都没有往深处聊。他知道王亚樵是世事洞明之人，有些话只能点到为止，相信对方自有掂量。

"现在，上面把复刊的事交给愚弟，弄得我几夜都没睡好觉。如果能有我们自己的设备，操作起来就方便多了。思来想去，这事也没地方说去，只好来跟大哥聊聊，看看有没有更好的解决之道。"陈处泰斟酌着字句，恳切地说。

"更为要紧的，是厂里那些跟着我们多年挣饭吃的工友兄弟，哪个身上不是背着一个家，一人失业全家挨饿，这拖儿带女的，情何以堪……"陈处泰慢慢讲着，不经意间加重了语气。

华克之趁热打铁，在旁边接过话头："今天既到这儿来相聚，我们就没拿大哥当外人。想必目前的形势，兄长早已有所省察。中共方面深知您的气量，一向慷慨侠义，早有口碑在先……何妨送他们一个印刷的地方，规模不拘，能开机印东西就行，此事虽不算大，未来历史上必有一笔。"

王亚樵看上去有所触动。特别是陈处泰提到几个无以糊口的工人，更勾起了他心头的怨艾。那帮吃人不吐骨头的家伙，莫非真是六亲不认了？他思虑重重地坐在那里，眉心的疙瘩越拧越紧。

同桌的人看着王亚樵的神情，觉得话既到此，点到为止，便趁机岔开来，又聊起上海电影界的奇闻逸事。

果然，王亚樵端起桌上的酒盏，自顾自斟上了，然后说："这个嘛，小事一桩，来，喝酒吧！"言毕，一饮而尽。

陈处泰的心跳顿时加快，没想到问题解决得这么迅速，真让他不敢相信是真的。他以为自己理解错了，赶紧压抑住心跳，听着对方继续说:"只是,眼下一个钱也没有……"

众人心里忽地又一沉。

王亚樵没有注意周围的反应,仍旧顺着思路说:"诸兄所托之事,定当尽力。不过我目前的能量还是有限的……这样吧,三天后给你们答复,到时候仍在这里聚首。"然后端起酒杯,不慌不忙地站起身来。

大家都知道王亚樵的脾气,轻易不会应承,既是接了,必定肝脑涂地去做。但兑现之前,又不会把话说得过满。这是江湖的规矩,王亚樵多年在上海滩上打拼,威望就是这样一点点累积起来的。

月色正浓,几个人相视一笑,同时把杯子举了起来。

时隔不久,王亚樵果然带来一张上海银行的支票,面额 7500 元。

"杯水车薪,算是聊解燃眉之急吧。弟兄们既然都这么信任我,理当倾力相助才是……"他面露赧色,将支票抖了几抖,塞到华克之手中。

一个月后,上海法租界圣母院路庆顺里,一座挂牌公道印刷厂的印务公司出现了。

这是一家位于 1 号、2 号楼的旧式老厂,厂区共分上下两层。19 位职工都是原先的老班底。新经理郑东悟,是一位长期在中国生活的朝鲜人。他内敛、敬业、勤勉,一手精湛的印刷技术,尤擅厂务管理,本人自称正在向马克思主义转变。作为华克之和陈处泰共同的朋友,他是经过组织上的严格考察以后才录用的。那些留守的旧职工中,有三位是深藏不露的中共地下党员,掩护身份都是排字工。但他们并不参与公开的集会活动,主要负责一些地下情报的传递,从外表看上去,大家都在谋生糊口,挣钱养家,跟普通工人没有什么两样。

这样的安排,组织上显然是经过一番慎重考虑的。因为印刷厂除了进步刊物,还要承印一些上级机关的文件,那是非常危险的事情,一旦泄密,将会引发一系列的连锁反应,必须确保万无一失。

购买厂房的费用，就是王亚樵资助的那笔款项。

房子修缮一新后，印刷厂很快开张营业了。房屋的整体装潢，门面的修整，进材料所需的流动资金，按照最低标准开支，花销2500元。无处化缘，又是王亚樵解囊相助。眼下一切打理停当。厂子的门面格局，是按照当时流行的运作模式，属于前店后坊的类型。前面承接一般红白事礼仪业务，后坊秘密从事红色刊物印刷。包括《红旗日报》等在内的一大批进步刊物，还有组织上需要的各种文件材料，就这样很快恢复印制了。

上海的街巷一如既往地热闹着，但在军政当局政治高压的态势下，秘密印刷的环境异常艰苦。

白天，门外车水马龙，喧嚣的声浪一拨接着一拨，过往人流来去匆匆。经常有过来办理婚丧礼仪印刷业务的，将前台挤得水泄不通。附近弄堂里，零担小吃，贩夫走卒，洋车夫拉客的吆喝声，不绝于缕。偶尔，周边洋铁铺里敲敲打打的动静，打着绑腿的军警喽罗进来讨茶喝的应酬对话，还有问东问西的打探声，掺杂在一起，形成上海市井街巷特有的喧嚣。

从表面上看去，店铺前一派忙碌，跟当地的常规印务公司没有什么两样。

夜阑，风吹影动，一轮明月高挂。印刷厂的地下室里，紧张的印制工作开始了。房梁上吊着一盏昏黄的灯泡，长长的灯绳从空中悬垂下来，稍有响动，便悠悠荡荡。地面上，一堆人埋头紧张地操作着。从钢板刻印、拣字、排校，再到付印。一条龙作业，各负其责，一切都在滴水不漏的紧张推进中。由于怕泄露了秘密，室内唯一的出气窗也用棉布帘子遮住了。加上住宿、用餐，乃至大小便都得在这里解决，使得地下室的空气难免流通不畅。

只是大家通宵达旦地忙碌着，早已经习以为常了。

由于白色恐怖蔓延，局势甚紧，出报当夜，纸版、稿件都必须立即销毁，以免因行动不慎带来泄密之虞。

"要把机件整洁过,蜡纸稿子,连同染污的纸头放在一起,设法烧掉,千万不能随便乱丢,既易玷污别件东西,丢出去又往往是自招破坏的危险。"

"假如张数过多,也不宜把它一起烧,最好是分几次烧,时间应该在煮饭的时候,才不致引起旁人的注意和怀疑,这要看所在的环境而决定。"对此,当年负责刻字的"PS"(沈晓枫)曾有过详尽的描述。

陈处泰和工人们一道忙活着,亲自把关、校样。当看到一份份报纸从印刷机上"哗哗"吐出,散发着油墨香的报刊出现在眼前时,他心里顿时有一种说不出的畅快。多好啊!这是时代的先声,这是现实的匕首和投枪!有了它们,人们就能洞悉当下、明辨时局,知道北斗星在哪里,了解未来中国的方向奔往何处。这样的忙碌,心有所属,情有所寄,是多么有意义!

那段日子,陈处泰就像一座上满了发条的钟摆,不知疲倦地晃动着,多少次东方既白而浑然不觉。

而白色恐怖依然像浓雾一般,密布在上海滩的上空。

无论白天黑夜,各路军警、便衣总是不停地穿梭于大街小巷。他们无孔不入,渗透在这座城市的每一处角落。他们盯住每一位形迹可疑的人,看着不顺眼的人、走亲访友的人、外地来沪经商路过的人,随时会被拦住盘查、搜身,稍有迟疑者铐上就走。看守所、监狱人满为患。政治犯,成为那个年代最普遍的罪名。每隔一阵子,突然响起的警报就在人们耳边锐叫着,一声接一声,尖厉地在人们脑袋上空划过。人们步履仓皇,躲空袭,奔生计,扶老携幼,穿街走巷,不知何日才能重归安宁。

与此同时,一张张《红旗日报》、一份份具有鲜明标志的红色刊物,却奇迹般出现在人们的视野里。

在这座城市的大街小巷,在娱乐街区的电线杆上,在工薪阶层布满油污的掌心里,在学校,在工厂,在边远地区的村镇城乡,甚至在小公务员的茶桌上……它们就像从钢炉里蹦出来的一粒粒火种,掉到哪里就会引起一阵躁动、一片燃烧。 那一排排通栏标题、一行行粗粝的大字,跨越千山万水,将来自天外的声音——延安的消息,冲破重重障碍,送到人们的视野里,送到他们压抑已久的心房里。 在长夜难眠中,人们重新燃起了对于未来生活的渴望。

二

8. 周　旋

红色进步刊物在市面上的继续流传，大大触动了执政当局脆弱的神经。

终于有一天，随着一声失去控制的咆哮，几份样报"啪"地掷到了军警执法大队的桌子上。

薄薄的油印刊物，简陋的纸张，不加任何装饰的排版，看上去显得有些寒碜。但就是这样一些普通的字纸，它的威力，却胜过千军万马！它令敌人防不胜防，却又不得不防。军警头目百思不得其解，在这种类似篦子篦头般的搜查和严控之下，为什么还会有这样的刊物冒出来？ 更何况，随手翻阅的时候，竟然隐约散发出一缕缕清新的墨香。 那些墨迹淋漓的黑体大字，那些工人阶级的油腻铁拳捣毁一切旧世界的木刻版画，仿佛都在嘲笑这些颐指气使的人，这些自以为布下天罗地网的人。

这真是莫大的讽刺啊！

为此，当局下了死命令，不惜动用最专业的侦缉人员，彻夜研究、分析、推算。 最终得出结论，报纸不可能是从外地印好运进来的。 卡站林立，关山重重，即便是私藏在运货车里带进来，也总得有接洽地点和存放的库仓吧。

如此说来，这种迅速、快捷、近乎插翅传播的速度，只能是在本地某个秘密地点印制的……

危险，正在一步步悄然临近。

官方严密布控，迅速将便衣撒向上海弄堂的每个角落，到处都飘弥着警犬"咻咻"的鼻息声，隐匿的线人也被启动。 街面上的缝鞋匠、电线杆周边闲逛的人、引车卖浆的小商贩等，陡然比平时多了好几倍。 那一双双骨碌碌乱转的眼睛，藏匿着深不可测的危险。 对于上海的普通人来讲，即便白天走在大街上，也免不掉时常被跟踪、盯梢，乃至拦下来盘诘，早已经是家常便饭。 倘谁家来了外地亲戚，轻则三查六问，重则上溯八代。 很多人不得不和衣而眠，以应付不速之客的登门搜查。

随着时间的推移，一张看不见的网悄然笼罩下来。 搜索的目标范围正在一点点缩小。

半年后的某个深夜，一阵急促的砸门声，突然打破了夜空的寂静。 这声音急躁、粗重，由于是在子夜响起，听起来显得格外刺耳。

"开门，开门！ 快把门打开！" 先是粗暴的砸门声，那声音带着某种不容分辩的戾气，仿佛没有任何商量的余地，一下接一下，擂鼓似的响着。 接着就听"哗啦"几声，仿佛是几个人在合力推搡着，还没等屋子里面的人反应过来，门已经被"咣"的一声推开了。黑暗中，门旁的什么东西被撞翻了，带着扑簌簌的尘土轰然倒在地上。

事情的暴露，终于不可避免地发生了。

由于太突然，工人们几乎是猝不及防。军警们瞬间封堵了寓所的大小出口。接下来，撬锁翻箱，掀床揭铺，连墙壁都抡起枪托一一敲打过了。这伙人显然是有备而来，他们没有任何犹疑，而是目标明确地冲着墙角旮旯一溜搜过去。果然，折腾了半个多时辰后，有人在床头底下的砖缝里找到一块用旧报纸包着的东西。搜查者如获至宝，几颗脑袋簇拥到手电筒的光柱底下仔细查看着，就这样反复琢磨了几个来回，房间里突然响起了一个高八度的声音。

"唵？这是什么？真是赤胆包了天啦！你们自己看看吧，人证俱在，还有什么话说？"话音落地，随之从喉咙里挤出一串不无得意的笑声。

屋子里顿时变得一片死寂！

明晃晃的灯光底下，一块黑乎乎的刻字模版，赫然出现在众人的视野里。原来，此番警方搜捕行动的导火线，竟然源自三位党员，不知其中哪一位在印刷了一份中央的机要文件后，舍不得销毁模板，而是暗自藏匿起来。法捕房收到风声后，精心策划了夜半的突然袭击，从房间里查到了实物。

这次突如其来的搜捕，带来了极为严重的后果。一向虑事周全的印厂经理此时百口莫辩，连带大部分工人都被逮捕。

厂子也被查封了。

原本热热闹闹的车间，被一把大铁锁锁住了门户。两根长长的白封条，交错贴在门扉上。上面画个大大的圆圈，内罩一个"封"字。昔日车水马龙、不断有运货车进出的厂区，如今变得一片空寂。经过一个多月的斡旋，经理和工人们才被陆续放了回来。

一场劫难总算躲过了。所幸，三位地下党员并未暴露身份。

陈处泰处变不惊，即刻与华克之四下里斡旋，迅速处理一应善后事项。 他们根据组织上的指示，先是委托王亚樵从中帮忙，及时找到一位叫彭希民的律师，然后通过律师上下疏通。 经过了一段难挨的等待，总算是有惊无险，一切安全着陆。

数日后，一个月明星稀的晚上。 几辆旧式的货车从外面神不知鬼不觉地开了进来。 几位工人师傅手脚麻利地揭开贴着封条的蒙布，将一堆闲置在库房里的东西悄然搬上了车。 那是一些用来印刷的旧设备。 由于厂子被关停了，工人们连回家的路费都成了问题。 经过一番筹划，他们决定将那些设备从后门偷偷运出去卖掉，最终凑足了遣散工人的路费。

1932年秋冬之交的一个早晨。 一阵鞭炮声，再度在法租界辣斐德路的茄勒路口訇然炸响。 一串串鞭炮硝烟不断飘向空中，惊飞了几只栖息在附近电线杆上的雀子。 过往的行人纷纷停下脚步，好奇地观望着。

这天，一家挂牌"和平米店"的杂粮小店开张了。

门楣上，大大的"福"字看上去格外惹眼。 迎门处，像所有沪上的普通店铺一样，供着菩萨，几根燃起来的新香飘弥着丝丝缕缕的烟雾。 粮店门脸不大，里面装饰着一些简易的木柜。 间隔整齐的橱格里，堆放着红枣、赤豆、黄米、花生、大米、小米等各种颜色的五谷杂粮。 身材微胖的老板头戴瓜皮帽，着一袭团团花的棉布长袍，抱拳当胸，不时向前来购粮的顾客高声打着招呼。 一些挎着篮子、拎着布兜的老头老太，由于粮店开业首日酬宾，一大早就过来排队等候了。 现在，他们在人堆里静静地等候着，准备领取那一份为数不多的鸡蛋。 有几位军警的便衣也混杂在其中，推来搡去，目光不停地朝四下里逡巡着，希望能够发现什么形迹可疑的动静。

这家粮店的出现，同样是中共上海地下组织在背后起的作用。

当时各地的监狱，包括上海，犯人出狱时必须交铺保，即今天所说的保释人。 就是说，入监的人虽然被释放了，但在之后一定的时间段里，原先的犯人或保释人必须随叫随到，随时接受警方的盘查和问询。那时候，人们几乎谈"红"色变。在被拘捕的人中，凡是有红色背景的嫌疑人，找人保释是最困难的。很多出狱后的共产党员，不但此前找人保释难，出狱后衣食更是没了着落。所以，这家不大的粮店，实际上是在中共地下组织的授意下开设的地下中转站。一是专门营救入狱人员，二是接他们出来以后，安排衣食暂住，再辗转送到后方根据地去。这家粮店，同样是王亚樵在背后暗中资助。

晚上八点钟，粮店的门"吱呀"一声，关张打烊了。

店员闭门一盘点，因开店首日搞促销卖廉价米，亏了数百元。但不管怎么说，门面总算撑起来了。各路计划都在有条不紊地推进着。这次安排的店员，都是组织上精心挑选的。他们大多有着丰富的白区工作经验，对周边的情况都比较熟悉，对于突发事件有着镇定的应对能力。鉴于上次的教训，陈处泰叮嘱，店铺里的一应事项都要谨慎，往来应对必须提着小心。眼下看起来，一切显得很有条理，鲜有暴露的迹象。

粮店就这样不显山不露水地运转着。

因为店铺处在闹市区，看上去生意还算红火。每天前来买各类小杂粮的，买米面炒菜油的，络绎不绝。但实则是水上平稳，水下流急。掩护进步人员的日常工作，已经循序步入预设的轨道。虽然还要应付军警的盘诘，中间也曾经出过几次有惊无险的小麻烦，但几批保释人员的护送任务，还是如期完成了。

每次看到那些被折磨得形销骨立，但重新获得自由的同志顺利离开，陈处泰心里都有股子说不出的欣慰和成就感……到了年底，算盘子一通拨拉，盘点过后，除去房租、人工等开销，竟然略有盈余。这真是一桩可喜之事。

然而，天有不测风云。时隔不久，店铺里突然闯入两位荷枪的军警。不由分说，将正在柜面忙碌的两位员工带走了！当天在店里打理柜台业务的负责人不明就里，拱着手想上前去问个究竟。

"长官，本店小本经营，做的都是柴米生意，你们这是……"话未说完，就被持枪的军警一枪托捣回来。

"少废话！ 我们只是奉命行事，再啰唆把你一起也带走……"另一个军警拿捏着腔调，阴阳怪气地说。

事情来得太突然，给陈处泰带来了极大的心理压力。 这两位被带走的店员身份可不一般呐，他们都是中共地下党员。 平时小心翼翼，从未抛头露面，难道是在什么环节暴露了身份？ 谁告发的，有没有牵扯到其他人？ 如果真是这样，那事态就严重了。

陈处泰彻夜无眠，脑子里紧张地盘算着，预设了多种情况，又被他一一推翻了。 由于此前运作环节上的滴水不漏，他觉得不太可能是在店铺里出的问题，没准是军警们在走过场吧。 他不动声色，在经过多方细致的询问和打探后，果然发现，警方手中并没有什么确切的证据，只是例行公事的搜捕。

虚惊一场，大家才松了一口气。

后来经过一番周折，终于将人保了出来。 接下来，一个严峻的问题却摆到大家面前。 毕竟，两位同志已经被列为重点嫌疑人，粮店里肯定是待不下去了。 若是分配他们做其他工作，但由于已经被警方备了案，同样多有不妥。 陈处泰思虑再三，一方面为同志的身体担忧，另一方面为了避免夜长梦多，赶紧委托有关渠道，帮助二人迅速离开，取道奔赴苏北革命根据地。

月黑风高，寒意萧瑟。

临别前，即将上船的两位同志，紧紧握住赶来送行的陈处泰的双手，万语千言无以表达。 他们知道，自己眼下正处在保释期，一旦出现其他情况，天大的重担只能由陈处泰和同志们担着了。 可以想见，那又将是一番怎样的斗争。 地下工作就是在高空钢丝上腾挪，一着闪失，后果便无法想象。 陈处泰微笑着，用手指压在唇边打个"嘘"字，然后果断地挥了挥手，目送对方一点摇橹，小船向着天边的芦苇深处缓缓划去。 不一会儿，便消失在天际线上。 他这才长长舒了一口气，如释重负。 革命就是这样，知其不可为而为之，皆因一腔拯国民于水火的宏愿，心之所向，肝胆无惧。

果然，过了一段时间，法租界的高等法院第三分院，突然一纸传唤，要求取保的两位粮店嫌疑人按时到庭候审。

看着那张传唤书，陈处泰心如沉缶。人是交不出去的，此刻他们早已经披星戴月，匆匆行走在新的旅途上了。后方根据地有更多的同志在那里等候。途中山路崎岖，荆棘丛生，但那边的人们眉宇开朗，操练，学文化，加钢淬火，然后再次奔赴全国各地，继续以不同的方式与敌人展开不懈的斗争。为了这样的目标，即便承受再多的重压，也是值得的。

陈处泰不慌不忙，依旧派人四下周旋着，等待再度涉过险关。

此次却不同寻常。原来被保释人员的失踪，引起了军警方面的高度关注。上海的政治高压，有百密而无一疏的严控措施，他们总觉得这家粮店来路蹊跷。它的存在，就像一颗钉子，让管理者们感到浑身不舒服。至于哪里不适，却又一时苦无实据。说不明，道不出，委实令他们大为光火。经过多方查缉，终于弄清楚，背后始终有个人影子在晃动。此人不是别人，却是行不更名、坐不改姓的江湖大佬，王亚樵。这就带来了不大不小的难题。既然如此，贸然查封是肯定不敢的。正应了民间那句老话，强龙不压地头蛇。对于王亚樵在上海滩的名声，他们此前早已经领教过多次了。就这样，一番口舌与盘点之后，最后各方达成协议。警方也便揣着明白装糊涂，趁了这个借口，又大大地勒索一笔。

数月后，一纸告示贴在粮店大门上。

前来买米面的顾客们拎着篮子，满脸疑惑地盯着门上的告示，看了半晌，没有人吱声。非常时期，大家心照不宣，各自揣着一腔疑惑匆匆走掉了。

这次，门倒是没封，而是"勒令停业"。几字之差，背后依然是陈处泰和战友们无数不眠之夜的努力。相关掩护工作，照旧在不落痕迹地运作着。关张期间，门扉紧闭。只不过，一切转入了更加隐秘的地下状态。

……

1933年1月20日，上海《申报》发表《攘外与安内孰先？》的时事评论，对"攘外必先安内"的主张提出了批评。 正是在这样的背景之下，组织上指示陈处泰仍以民间的名义，开一家小小的书店。

它的另一重功能，自然是又一处秘密联络点。

阳春三月，法租界蒲石路高福里一栋楼房的三楼，一家名唤"春申书店"的小门面静悄悄地开张了。 从外面看去，这家书店门脸逼仄，狭长的通道两边摆满了各式书籍。 有线装的，有油印的，还有一些碑帖拓本。 廊道仅容一人侧身而过。 待走过去，却发现后面连着一个不大的庭院。 修竹，鹅卵石的甬道，一张茶桌，几把藤椅。 原来是一处休闲品茗的幽静场所。 偶有客人光临，会被很自然地引到这里消闲。 几案上，摆着一盘永远不会下完的棋局。 就外观景致而言，一切都显得顺理成章。

这次，既没有放鞭炮，也没有前来道贺的客人。 只有满目简朴的书架，随意隔成简易的阅读角。 闻讯而来的顾客，在店面里三三两两地转悠着。 白天，书店里的几位学徒工不停地走动着，或整理书架，或修补文牍。 一日三餐自行打理，夜晚就在办公室将桌椅合起来，被褥一铺，权作休息的地方。 按照常规理解，但凡有读书人的地方，氛围总是热闹的，多有一些愤世嫉俗、抨击时弊者。 所谓斗室论天下，尽管政治高压如影随形，私下里，言语之间仍免不掉聊一些与时局有关的话题。 但这家小书店的气氛，却有些不同寻常。 表面上的波澜不兴，实则隐含着某种静水深流，一切都在地下状态紧张地运行着。

不久，《申报》上出现了一则书籍编撰业务的招徕广告，上面赫然罗列着著名哲学家李石岑的新著《辩证法史》。 这在当时的上海滩，属于被查禁的书籍。 好家伙，这分明是在公然宣传马列主义、共产主义哇！ 像鬣狗一般敏锐的法捕房，当下如获至宝，认为终于抓到把柄了。

翌日，一名捕头带着两名全副武装的巡警，胸有成竹地找上门来。

陈处泰和几位同仁正在忙碌，那捕头不由分说地闯进门来，也没用人招呼，朝那里一坐，屁股将凳子辗得"吱吱呀呀"，几次发出很难听的响声。

"怎么回事，怎么回事？"来人抖着手中的《申报》，用两根指头弹得"啪啪"直响，"能给我们解释一下吗？这样的书也能登广告，大概是活得不耐烦了吧。"

陈处泰微微一笑，说，"长官不请自来，想必是奉上司之命吧。这只是一则普通的业务广告，有什么不妥之处吗？"

巡捕头一时语塞。他知道跟读书人打嘴仗，自己是不占上风的，就避了话头，说："编书就是编喽，弄劳什子唯物论唯心论是要吃官司的，你们难道不明白吗？"

"编书挣钱，文责自负。如果哪条犯了法，我们立马删掉。但据我所知，李教授的观点，只是顺应这个世界潮流，符合大多数民众诉求的纯理论探讨，这些仅仅停留在笔墨上的研究，只是理论界用来探讨学术的，不知又触动了你们哪根神经？"

陈处泰掸了掸套袖上的灰尘，不紧不慢地回应道。

巡捕头面露愠色，突然不耐烦地说："禁书就是禁书，这一个禁字，连人带书都犯了法，你们在上海滩上混生计，难道这个不晓得哦？"

屋子里陷入了短暂的沉默。几个人埋头伏案，仍旧各忙各的，没有谁去接来人的话茬。捕头见无人搭理他，脸上有些挂不住。便不由分说，指挥手下人开始四下里搜查，说是例行检查，实则砖缝里都想抠出一些违禁物品来。所幸平时大家在店里虑事谨慎，巡警忙活半天，最终一无所获。

尽管没有抓住其他证据，法捕房还是揪住在《申报》刊登广告一事大做文章，不久一纸禁令下来，书店仍需关张。

那天晚上，陈处泰和同事们搬完了家，心里有股子说不出的沉郁。

他独自一人沿着黄浦江岸走着。时候已经是深冬了。沿途岸边上零零星星的行人，大都面相愁苦，行色匆匆，很少看到神态悠闲的人在那里散步。他内心不禁涌起强烈的思乡之情。家乡的父老，已经多年不曾谋面了。那条古老的运河仍在流淌吗？河面上的舟楫都还在吧。古宅瓦楞上的野草黄了又绿，绿了又黄。爷爷鬓边的白发又该增多了吧，还有……一想到这里，陈处泰的心突然猛地抽痛了一下，他不敢再往深处想下去了。自从踏上了革命的旅途，红色熔炉的锤炼，已经使他的性格变得越来越坚硬。这么多年的上下求索，血雨腥风的锻打和荡涤，以至于在很多时候，这位青年职业革命者内心最柔软的地方已经很少对人开启。因为远大的革命目标，再也容不下太多个人情感的流露了。同志们都在等着他，还有那么多事情需要他去做呢。

陈处泰习惯性地挥了下手，像是要驱走眼前空气似的，将片刻涌上来的感伤又压了回去。途中，遇到一位脖子上挂着卖报兜的报童。那孩子无精打采地走着，羸弱的身躯仿佛要被沉重的报兜压弯了。陈处泰掏出几枚硬币，买了一份当天的报纸，然后轻声说："不用找了，拿去买只烧饼吧。"

报童用近乎听不到的声音，道了声"谢谢"，然后飞快地跑开了。

陈处泰随手翻了几下，通栏大幅标题赫然入目，满眼都是物价飞涨、国民党军节节败退、明星逸闻、世相杂谭。他无心再看下去，随手把报纸折起来塞到衣兜里，然后匆匆朝来的路上走去。

这家名唤"春申"的书店，从挂牌到关闭，时间仅短短的一个月。

时隔不久，街面上的邮亭里，书报摊上，杂货铺门前的临时售报点上，《唯物辩证主义》《经济学大纲》《国际关系之现状》等一大批代表着进步观点的社会科学著作，还有李石岑的一些著作，又奇迹般地陆续出现在市面上,其中有许多都是当局重点监控并查禁的书目。人们奔走相告,紧张地浏览着,阅读着,从字里行间捕捉着某些不一样的信息,无不像在紧闭的铁屋子窥视另一扇窗户。诸多新的思想、新的启迪,如此强烈地叩击着人们多年固有的惯性思维。

那是陈处泰和他的战友们,用另一家未名书店承印的。

正可谓,野火烧不尽,春风吹又生。

这几段开店的经历,是陈处泰在沪上短暂的革命生涯中,从事理论研究之外的不懈实践。所谓挫而不折,愈挫愈奋。这里面有坎坷,有成功,也留下了许多的经验教训。但不管从何种角度来看,都是这位年轻的职业革命者为信仰所付出的艰辛探索。

对此,陈处泰在《怎样加强秘密活动》一文中,曾经有过理性的分析。其中一段这样写道:"非常时期的秘密活动,虽然比平时的更见困难,但是,如果平时有相当的准备,即使处在非常时期,它的严重性和危险性也会减少的。反之,就会给敌人打得七零八落,很久不能恢复起来……组织上当走进非常时期时,最要注意的是加强个人对组织负责的训练,力持镇静。在发展组织中来防卫组织,在接近群众中保护个人,在健全组织中准备反攻。"

这种行动上的身体力行,而后上升到理论层面的深入探讨,包括理论指导具体行动的反复实践,其实是白色恐怖下的凿壁之举。看似冒险,一俟时日,春暖花自开。

9. 潮 头

1935年,被称为冒险家乐园的上海滩似乎进入多事之秋。

据《上海通志1935—1937年大事记》载:2月初,银元兑价暴跌,每元兑铜钱2500文;银根奇紧,小银行、钱庄纷纷倒闭。《申报》称,倒闭商店几倍于上年,工商等企业倒闭1065家……同期,抢米风潮层出不穷。扛着一麻袋纸币仅够买块烧饼,已不再是民间奇谈。

整个上海市面一片萧条。

同月，中共上海中央局及其机关遭到严重破坏，中央局书记黄文杰等36人被捕……紧随其后的是，3月7日，日本驻沪海军特别陆战队磨刀霍霍，在虹口区越界筑路一带开始大规模军事演习。霎时间，上海滩上刀光闪耀，车轮滚动。异邦的铁蹄在这座百年商埠肆意践踏，在每一位有良知的国人心头留下难以抚平的惊悸与伤痕。

与此同时，上海电通影片公司拍摄的影片《风云儿女》在沪上首映。由田汉作词、聂耳作曲的主题歌《义勇军进行曲》，在亿万同胞的耳边犹如黄钟大吕，铮然敲响。那声音一下紧接一下，如此强烈地叩击着人们的耳鼓。

救亡图存的民族情绪顿时达到了沸点。

起来！不愿做奴隶的人们！把我们的血肉筑成我们新的长城！中华民族到了最危险的时候，每个人被迫着发出最后的吼声。起来！起来！起来！

几乎一夜之间，这首歌响彻大江南北，成为大革命时代中国人民所发出的最强音！它将同仇敌忾的民族吼声，借助音乐的形式彰显到了极致，表达了四万万同胞誓与家园共存亡的信念。从城镇到山野，从厂矿到边疆，地不分南北，人不分老幼，每当唱起，无不热血沸腾。

8月1日，中共驻共产国际代表团起草了《中国苏维埃政府、中国共产党中央为抗日救国告全体同胞书》(即《八一宣言》)。

《宣言》明确提出："抗日则生，不抗日则死，抗日救国，已成为每个同胞的神圣天职！"《宣言》呼吁全国各党派、各军队、各界同胞，不论过去和现在有任何政见和利害的不同，都应当停止内战，集中一切国力去为抗日而奋斗。并宣告：只要国民党军队停止进攻苏区，实行对日作战，红军愿立刻与之携手，共同救国。《宣言》建议一切愿意参加抗日救国的党派、团体、名流学者、政治家和地方军政机关进行谈判，共同成立国防政府；在国防政府领导下，一切抗日军队组成统一的抗日联军。中华苏维埃共和国政府和中国共产党愿意做国防政府的发起人，工农红军首先加入抗日联军，以尽抗日救国的天职。

《八一宣言》发表以后，很快在国内外传播开来。这一年年底，北平、上海、天津、南京、太原等各主要城市都在迅速流传。第二年春天，一些边远地区如海南岛等地也看到了这个宣言。同时，远播海外40多个国家的华人世界。

《八一宣言》的广泛传播，在海内外迅速产生了很大的影响。它极大地鼓舞了青年学生和知识分子的抗日爱国热情，推动了"一二·九"爱国运动的爆发，从而掀起了一拨又一拨的抗日救亡运动高潮。

12月27日，上海文化界救国会成立，马相伯、沈钧儒、章乃器等35人为执行委员。是月，为适应救亡运动新形势，"文总"及其所属"左联""社联"等左翼文化团体相继解散……

这一年2月，上海的地下党组织遭到大规模破坏。林伯修和许涤新、朱镜我同时遭到逮捕。一时间，全城封锁，万木萧疏。

在这个异常严峻的时刻，陈处泰，这位从宝应走出来的青年职业革命者，经过大革命时代的熔炉淬炼，这时候已经成为实际上的"社联"负责人。

陈处泰在上海红色生涯的重头乐章，是担任"左翼文化总同盟"书记。这是20世纪30年代上海左翼文化运动的最高领导职务，也是他短暂一生职业革命生涯的至高点。但时至今日，在人们视野所见的馆藏文牍资料里，有关这方面的记载，不管文字还是影像资料，却寥若晨星。

为什么会形成这样一种局面，20个世纪30年代的上海滩，究竟发生了什么？

八十余年后，撩开历史的重重雾霾，我们有必要借助一些形式，通过文牍、诸多当事人及后人的回忆，包括相关研究者的著述，来尽可能地接续并呈现当年的历史脉络，让人们能够客观地解读我们的英烈就义前的那段生命历程，看职业革命者陈处泰作为一位红色信仰执守者，是如何于绝地逆风中不辍前行，并写下了生命最后的断章的。

1933年冬，陈处泰由许涤新、马纯古二位同志介绍，加入了中国共产党，从此开启了他后来作为中共左翼文化领导者的跋涉之旅。

这一年，许涤新是新任"社联"的党团书记，陈处泰和王翰、李凡夫等同志一起参加了"社联"的领导工作。陈处泰负责组织工作，并分工负责沪西区。组织各项抗日反蒋活动。包括街头贴标语、举办突击性集会、创办刊物等。1934年初，许涤新调"文委"并负责"文总"的组织工作。"社联"党团书记一职由马纯古接任。未几，马纯古又调往全国总工会，由林伯修接替"社联"党团书记一职。这时候的实际情况是，林伯修并不经常出席会议并过问工作，而是时常由党团成员陈处泰代表他出席会议，并主持日常工作。

陈处泰既是实际行动方面的亲力亲为者，又是将实践付诸理论的研究者。从他的大量文章中，我们不难发现，这位把握大局的领导者，对于当时左翼"社联"的一系列活动都有着自己独立的思考，充分显示了他慎思、明辨的观察视角，特摘录两篇如下：

"一·二八"行动的检讨

日本帝国主义为了要进攻社会主义祖国的苏联，为了要压迫西征胜利的苏维埃红军，又开始疯狂地向察东轰炸，向西蒙侵占，使中国的民族危机达到极端深刻的程度，因而更加严重了今年"一·二八"的政治意义。在这次行动中，已充分地表示出群众对阶级敌人的愤怒和反抗。群众反帝的热情与革命的积极性都大大地提高了！

首先，我们要紧紧地把握住这次行动里许多宝贵的收获，去继续开展今后的工作，使广大群众在革命组织的领导之下，不断地坚决地进行反帝反国民党的斗争。

（一）这次行动，一开始虽是个二三十人的"飞行集会"，但因为群众反帝情绪的高涨，很快就转变成为一个两百多人的示威游行。排成整齐的队列，穿过二三里的马路（从上海戏院到新闸路派克路口），跑了二十多分钟的快步，冲破几处有巡捕驻守的路口。一年来，在"文总"领导之下的行动，这还算是第一次的成功。

（二）在这次行动里，我们的干部都表现得非常积极。有两个同志，喉咙都喊哑了。行动所以能够那样地持久，影响所以能够那样地扩大，完全是由于我们的干部在行动里尽了先锋的任务。

（三）这次行动毫无疑义地是展开了群众反帝的斗争，扩大了革命的影响。事实上，给那些不相信群众力量的机会主义者，和对白色恐怖投降的败北主义者一种无情而有力的回答。巡捕包探都被群众激昂的情绪压服了，眼看着群众结队游行，高呼口号，而无可奈何；还是等卡车带着大批巡捕到了以后，才敢捕去四个离开了队伍的群众（这四个群众关在捕房里只四个钟头，现在都放出来了）。这就是铁的证明，群众的力量是无敌的。

（四）事先布置得机密，没有走漏消息，没有遭到敌人的暗算，行动很顺利地发动起来。

（五）地点决定得很适宜，易于集中，便于分散，更利于前进。

然后再进一步去把我们自己的阵容检点一下，依旧是暴露着很多的缺点，过去所犯的错误，并没有很好地克服过来。

（一）从组织的动员上说：

1. 基本动员不够，整个组织有四分之一的盟员还在睡眠着。从这点就看到我们的组织是怎样地涣散了。

2. 事先未能有计划地有准备地去动员，没有把动员这一工作同整个小组的活动联系起来，以致不能广泛地发动外围群众和非组织群众来参加行动。虽则社联在这次较前有进步，能动员三十九个外围群众，但其他各联对这项活动，是非常不够的。

（二）从行动的技术上说：

1. 指挥系统不够紧密，总指挥与区指挥、区指挥与盟员没有密切地联系，以至发动的时候，只有二十几个人集中，多数的盟员还散处在四角。

2. 总指挥不守时，迟到半点钟，这是不可宽恕的疏忽。要不是副指挥当机立断，这次行动便有"流产"的危险。

3. 没有中心队的组织，只看见少数积极的活动分子领头干，冲来冲去，是容易遭到敌人暗算的。假使在这次行动里各联都有了中心队的组织，那么，我们的战斗力就格外充实了。

4. 在行动中，指挥虽然表现得很勇敢，然而还是缺少沉着的精神。只知道一往直前，就不晓得有组织地去结束这次行动。依照当天的情势讲，很可以利用群众激昂的情绪，打一家贩卖日货的商店。

5. 行动解散后有五个某联盟的盟员成群结队地回去，一边走着，一边兴高采烈地交谈当时的情形，被探狗注意了，盯到华界，被他们一网打尽。这算是替敌人造了一次机会。我们应该永远牢记着这次耻辱的教训，拿出最大的觉悟来注意技术。

（三）从宣传的活动上说：

1. 除掉"社联"和"教联"，其他各联都没有带宣言去散发，只在发动的地方，才能看到少数的传单。

2. 没有口号队的组织，只依赖一两个同志带头去喊是很不技术的，而且当天喊得太凌乱。

3. 只是喊了一些一般性的政治口号，没有把握着特殊的具体的事变，如"反对日本进攻察东"的口号，根本就没有提出来。

4. 没有争取演讲的机会，当观众问"啥事体"的时候，我们没有抓住这个机会向他们鼓动。

最后，就要说到我们立刻所应该做的事情了：

（一）全体盟员要学习与研究这次行动的教训与错误，以保证将来不再重演。

（二）抓紧"一·二八"的政治影响，扩大援助义勇军的活动，开展武装自卫的工作。

(三)巩固并扩大自己的组织,领导群众做反帝反国民党的斗争。

开泰

一九三五年一月十三日

(《社联盟报》第23期,1935年1月15日)

这篇文章洞幽烛微,对于一次行动竟然分析得如此详尽、透彻。就像电影剧本里的分镜头,在人们眼前推开了一幅幅极具原生态的画面。在这些画面里,有全景,有中近景,有局部特写。而它的画外音,则是一个把握全局、条分缕析、近乎冷峻的声音。

关于反对日本并吞华北的示威游行

日本帝国主义趁欧洲各帝国主义的矛盾尖锐化的时候,为要完成独占中国的企图,趁英德对苏联的进攻白热化的时候,为要布置远东反苏的战线,趁西征红军在川陕获得伟大胜利的时候,为要贯彻压迫中国革命的阴谋;于是接着"中国经济提携"的方案以后,又提出比"二十一条"更毒辣的新的条件了。国民党法西斯照例无抵抗地断送了整个的华北。军队已调开去"围剿"了,宪兵已撤退了,省政府已搬走了,党务活动已停止了,官吏已征得日本的同意而撤换了,察哈尔亦当作地方事件交宋哲元直接地出卖了。十天不到,抛弃河北、察哈尔两省,黄河以北再也不是中国的版图了。跟着日本帝国主义独占中国的后面而来,则有其他帝国主义瓜分中国的阴谋。美国经济调查团还没有走,英国又派罗斯来当经济顾问,法国也准备派遣代表来华考察了。由英国的发动,英、美、日、法、意瓜分中国的国际会议,又积极地在准备着。民族危机已经达到十二万分深刻的地步!我们要争取民族的生存,我们就应该不断地、坚决地进行反帝反日反国民党的斗争。

国民党为要贯彻其投降的政策,挽救其垂死的统治,自然要拿出全力来扑灭群众已经煽起了的革命怒火！血腥屠杀之不足，更无耻地放出许多谰言，说什么"革命组织已经解体了！""文化战线已经崩溃了！"我们要有力地打击敌人的中伤，我们就应该检阅我们的队伍，整齐我们的步伐，扩大我们的政治影响！

因此，"文总"就号召了这次反对日本帝国主义吞并华北的示威游行，而且很顺利地举行了。

指挥的命令一发，接着就是一片"反对日本吞并华北！""反对国民党出卖华北！""打倒日本帝国主义！""打倒国民党法西斯！""拥护苏维埃红军！"……的呼声。传单像雪片一样在空中飞舞。两百多个群众团结得紧紧地，个个都张着嘴，挺着胸，大踏步地前进，冲进两三条路口。每个店里的职员和路上行人的眼睛都放射出一种兴奋的光芒，照耀着街头，照耀着队伍。空气异常地紧张。正好像在民族革命的战场上同强盗的日本帝国主义以及汉奸的国民党决死战的一样，就连顽固的巡捕，也被群众顽强的情绪所压服，似乎很感愤地在说，"又是打日本！"（这是我亲耳听到的两个交通岗的对话）简直忘记了他的职责。这给那些不相信群众力量的机会主义者和对白色恐怖投降的败北主义者一种无情而有力的打击！在这次行动里，我们可以看到群众对阶级敌人的愤怒和反抗，群众反帝抗日反国民党的热情与革命的积极性真是大大地提高了。

这次游行所以能够顺利地完成，完全是由于指挥的坚定、干部的英勇，以及中心队在行动里尽了先锋队的任务。有好几个同志喉咙都喊哑了。

可是严重的缺点还是有的，过去所犯的错误，并没有很好地克服过来。

一、政治教育的不够：整个组织有三分之二的盟员还在睡眠着。事先也没有有计划地有准备地去动员。根本没有把动员这一工作同整个小组的活动联系起来，自然不能广泛地去发动外围群众及非组织的群众来参加行动。各联的常委会竟不能统计出本联动员的人数，其疏忽就可想而知。只有社联的南区是全体出动,这是值得提出来做模范的。

二、指挥系统的松懈:指挥与盟员之间没有密切的联系。当"文总"的指挥同各联的指挥碰头的时候,问他们准备得怎么样,动员到多少,没有一联能有个满意的答复,且乎到发动的时间不能集中。"教联"的指挥似乎很闲散地在那里徘徊。问他:"为什么不把队伍带到发动的地点去!"他就说"他们没有跟我来",好像自己是个旁观者了。就是那些已经从集中地带到发动地点的队伍,大半也是游移的。

三、宣传活动的薄弱:传单散得太少,又没有广布出去。社联担任散发的同志,临时就不在场。口号喊到后来太凌乱,并没有把"反对日本吞并华北!""反对国民党出卖华北!"这些口号着重地提出来,使别人听了,印象不深。

四、这些只是这次行动里显著的错误,我们应当牢牢地记着,保证将来不再重演。

这次行动是胜利地结束了,然而我们政治的影响,还是继续地在开展着。我们应该把握着华北事件一切的政治过程,去扩大抗日反国民党的活动,加强苏维埃红军及援助义勇军的工作,开展民族革命的战争,争取民族的生存!尤其要紧的是,巩固并扩大自己的组织,冲破文化统治与白色恐怖,在文化战线上高举起胜利的旗帜,为争取中国革命的最后胜利而斗争。

开泰
一九三五年六月二十日

(《社联盟报》第 26—27 期合刊,1935 年 6 月 30 日)

年仅二十五岁的青年革命者陈处泰,此时的站位、视野及大局观,确实上升到了一个全新的高度。他目光如炬,在运筹帷幄的同时，已经具备了远超同龄人的清醒认知和前瞻能力。从最初一名普通的红色信仰追寻者，到一位革命队伍中的举火把者、一位具体行动引领者，他彼时的身份已悄然转换。

......

1935年，第五次反"围剿"失败。中央主力红军为了摆脱国民党军队的包围追击，被迫实行全面的战略性转移，退出中央根据地，拉开了史称二万五千里长征的序幕。

长征，是人类意志在绝境中爆发的一次壮举。它向世人宣告了地球上有这样一群人、一支队伍，由于信仰在心，所有的不能都转化为可能。许许多多的历史典籍，都在对它进行剖析和解读。可以说，它精神意义的象征，已经对中国未来的历史发展方向做出了最好的诠释。

多年以后，当我们从纪录片中，从众多艺术作品中，从人们的口耳相传中，一次次重温长征，许多画面依然让我们感到惊心动魄、不可思议。如今的年轻人根本无法想象，他们的先辈是如何跨越了千山万水，穿过人迹罕至的荒原沼泽，在高山冰雪之间跋涉。那种远远超出了人体生理极限的挣扎、抗争，以及前有堵截、后有围追、生死悬于一线间的残酷考验，除去信仰的力量，没有任何东西能够给出更加有说服力的解释。它是中国革命史上的一个奇迹，也是人类史上的奇观。

而那时的上海，依然风声鹤唳。

这时候，各种地下进步组织都遭到了前所未有的毁灭性打击。搜查、逮捕、关押、杀戮，成了那个年代的关键词。成排的同志倒在了敌人的枪口之下。林木萧疏，一片噤声。"社联"和其他联盟一样，只能各自为战。在这种风刀霜剑的高压态势下，有人却勇敢地站到白色恐怖的最前沿，逆风而行，无惧风雨，用自己的行动为红色革命生涯写下最辉煌的一页。

他就是红色英烈陈处泰。

这时候的陈处泰，已经从当年那位自宝应家乡月夜出走的逃婚青年，成长为一名信仰如铁、意志如钢，拥有丰富的马列主义理论学养，又具有丰富实践斗争经验的职业革命者。他逆风而行，摧眉不折，于刀口浪尖上正式出任"社联"党团书记，接着又兼任"文总"组织工作。和战友胡乔木、王翰、李凡夫一起，在血雨腥风中将当时的"社联"工作推向一个新的高度。

政治形势风云突变，为了整合力量，这时候出现了一个名为"中央文化工作委员会"的新机构，就是史载以周扬为首的新"文委"。陈处泰作为新"文委"的主要成员之一，就任新的中国左翼文化界总同盟（简称"文总"）书记，分管"社联""教联""新联""语联"四大联，并兼任"社联"党团书记，直至他1935年11月16日意外被捕。

那么，陈处泰成为"社联"党团书记具体是在什么时间？

许涤新的回忆录有着重要的参考价值。他在《忆社联》一文中写道：1933年下半年，他担任"社联"的党团书记。1934年初，他被调至"文委"并负责"文总"的组织工作。当时，马纯古同志接替了他"社联"党团书记的职务。没几个月，上海中央局调了纯古同志到全国总工会工作……接替马纯古同志任"社联"书记的则是陈处泰同志。

社会学者孔海珠女士，在她的相关论著中也对此有过详尽的表述。她认为，按照如上回忆，陈处泰任"社联"书记之职是在1934年中期，或许再早一些。许涤新的亲身回忆是比较准确的，即陈处泰在1934年五六月间接替马纯古任"社联"党团书记，以后又兼了"文总"的组织工作，至1935年新"文委"成立时，当了"文总"的书记，直到他1935年11月16日被捕，英勇牺牲为止。

今天看来，有关陈处泰当年沪上革命关键经历的记载文字的阙如，既有大革命时代的特殊性所造成的客观因素，亦有时局动荡与人事更迭相交织所带来的诸多主观因素。所有这一切，犹如雾中行船，尽皆诉诸岁月漫漶的历史长河。

陈处泰被捕后不久，"文总"及所属"社联""左联"等8个左翼文化团体完成了它们的历史使命，自行解散，催生了更为广泛的抗日民族统一战线。

至此，让我们再度回望那一段风雨如晦的历史岁月。

1933年秋，国民党公然祭起"文化围剿"的大旗，在白区全面推行"剿匪运动周"，查禁社会科学书刊676余种。很快，市面上的报亭、摊贩、流动报童被取缔，宣传进步的刊物几近绝迹。为了摧毁左翼文化的主要力量，年底，执政当局再一次发动突然袭击，逮捕了上海各大学左翼学生200余人，其中就有华克之的妻子。不少著名的左翼文化人物就是在那个时候相继遭到秘密拘捕并杀害的。白天，一辆辆警车呼啸而过，绳捆索绑者众；夜半时分，一阵阵粗暴的砸门声彻响耳际，那是如狼似虎的闯入者，翻墙入室，搅得周天寒彻。从事白区工作的中共地下组织，正面临着突如其来的酷寒。

1935年，国民党当局再次进行三次大规模的搜捕。

这里有一组数字，可以说明当时地下进步力量已经被剿杀到何等程度：1927年，第三次武装起义胜利时，上海的共产党员已有万余人，彼时却锐减至400人左右，举目四望，使人惊骇；2月的大搜捕中，左翼文化运动的负责人朱镜我、阳翰生、田汉、林伯修、许涤新等悉数被逮捕，中央"文委"的成员只剩下周扬和夏衍……

触目惊心。一粒粒革命的火种，从培植、播种、发芽，再到壮大，过程中浸透了多少信仰执守者的心血。现在，它们被肆虐的魔爪践踏了。抬眼看去，上海提篮桥监狱人满为患，龙华广场排枪声急。在一浪高过一浪的镇压态势下，上海寒意阵阵，草木皆兵。有人改弦更张，有人暂时隐避，有人漂洋过海，远赴异邦……

从有关资料中我们了解到，在硕果仅存的400名中共党员中，"文委""文总"所属成员有100多名，占了四分之一。在枪弹压喉的历史关头，一群以刀笔为武器的知识分子，站到了大革命时代的最前沿。

他们有着那个年代最执着的梦想、最坚定的理想主义、最坚硬的骨头，以及最顽强的意志。 他们之中，陈处泰和他领导下的"社联"作为代表，仍然以完整的建制在战斗着。 这为"文委""文总"等党的左翼文化运动领导机构的重新建立，重新整合有生力量，继续和敌人进行艰苦斗争，提供了必要的基础。

同时，有关资料显示，在 1935 年形势极为严峻，国民党对苏区进行第五次重兵"围剿"，领导人频遭逮捕的非常时刻，"文总"却成功地领导了两次有 200 多人参加的示威游行，不能不说是一个奇迹。

这类活动，从《文报》的有关内容中也可以得到印证。 比如 5 月在上海大世界撒传单，组织左翼作家、青年学生游行，陈处泰、夏衍等也亲自一同上街散发传单。

"'五卅'的枪声，震动了每个中国劳苦大众的心弦；'五卅'的热血，流遍了中国各地；'五卅'的狂潮，卷起了全国群众反帝的巨浪；'五卅'的野火，烧着了一九二五至二七年大革命的烽烟。 这次运动是中国革命史上最英勇、最光荣、最伟大的一页……"

如果沿着宏大叙事的历史脉络，向着它更细微的纹理延伸，我们就会发现，一位红色信仰者的运行轨迹，正在变得越来越多维、立体，也更加有说服力。

陈处泰，作为早期左翼文化的负责人之一，其个人风格有着鲜明的辨识度。 他并非传统意义上的那种身居斗室、仅以笔墨为春秋的文化人，而是始终走在知行合一的探索之路上。 他曾经以"开泰"为名，在《文报》等进步报刊上，发表了许多文章。 其中，《为健全组织发展组织而斗争》一文，针对盟员的无序流动和锐减、感召力不足等现状，提出一系列清醒的批评。 他指出，在民族危机和经济浩劫已经万分深重的时候，必须把健全组织和发展组织当作战斗的紧急任务，并且针对组织上所有的错误来一次彻底的实际改造。

对于如何付诸实施，他条分缕析地提出 6 条措施——不麻痹、不涣散、不呆板、不架空、不敷衍、不荒废，并在文末发出呼吁：中华民族已经到了最危险的时候，以全部力量来消灭组织上发展的落后，在组织上来巩固和开展我们的政治影响，领导群众去做反帝反国民党法西斯的斗争。

从《社联盟报》的如下几篇文章，我们可以再次清晰地了解他当年的工作思路：

1934年5月，《为组织活动的合法化而斗争》；

1935年1月，《怎样建立壁报出版刊物》；

1935年2月，《怎样加强秘密活动》；

1935年5月，《中国社会科学者联盟工作方针的意见书》；

1935年6月，《怎样纪念了红五月》。

这5篇文章，大到工作方案、指导方针，小到一份壁报的出版运作，都有具体、翔实的分析和可行性举措，可以说从宏观到微观，无一例外，皆呈现了执笔人统揽全局的前瞻理念。

这5篇分别署名"田静"或"静"的文章，据考证，均出自陈处泰之手。其中一个佐证，就是他的故乡宝应，别称"荷藕之乡"。

陈处泰从小在遍地荷莲的故乡长大，荷花的精神气质，由此浸润到他性格形成的每一道生命纹理之中。特别是从陈氏家族的溯源中，我们可以看到，荷花高洁的隐喻，已经成为这位青年革命者精神引领的巨大象征性符号。自蹒跚学步起，老画师陈务人就牵着他，领着他，一起流连于荷塘池畔，让孙儿对荷花从生根、发芽到开花、结籽，无不观察得细致入微。老画师泼墨挥毫时，小处泰总是伫立在旁边，眼睛一眨不眨，看着爷爷在那里兀自忙碌着，从研墨、伏案，再到运笔。那种专注、从容、气蕴丹田的感觉，让他从好奇到领悟。画室内外的精神陶冶，与少年汲取学养的每一道年轮都是同步的。一年四季，草长莺飞，这种成长中的耳濡目染，胜过刻板的说教无数。

陈处泰，这位因反抗封建礼教而出走的青年才俊，在短暂的革命生涯中，以出淤泥而不染的做人操守，在上下求索的革命道路上，与红色信仰合二为一，铸就了一位寻梦者坚定的革命信仰，不能不说，皆与莲荷有着千丝万缕的联系。

以静言志，以静为名，源出于此，也在情理之中了。

10. 播 火

这是一张《社联盟报》的封面。迷离的夜空，昏黄色的主基调，一杆杆旗帜飘扬，渐隐处化作尖锋林立的箭镞。一位穿长衫的年轻人，正在晦暗的天宇之下振臂而呼。画面中间坐立者，着中山装，长发中分，面容清癯，手握如椽巨笔，于绝壁之上昂然挺立。这是那个年代所有忧国忧民的知识分子共同的意象形塑。他们，必定是瘦削的；他们，戴着深度的近视眼镜；他们沉郁的眼神，一望便知将几千年的民族苦难写在脸上，写在紧锁的眉宇之间。在他的身后，则是一群正在伏案疾书的身影。

整个画面格局大气、空蒙，却又蕴含着无尽的希望……

1935年《文报》新年号。一副巨大的齿轮自上而下，纵贯于封面，履带似乎依然在转动着，仿佛能让人听到它摧枯拉朽的声音。那是《文报》第11期，即复刊首期，有开泰、泰望（陈处泰化名）文章的存目。由于年代久远，囿于当年的印刷条件，白色的纸张周边，都被黑黢黢的墨渍所浸蚀，但依然能够让人感受到扑面而来的力量。它表征着作为劳苦大众最先进的代表——工人阶级的力量。这种力量一旦凝聚起来，可搬山，可填海，可将旧世界送进历史，让新世界闪耀曙光。

新年号《编后记》这样写道："别了很长的《文报》终于和同志们重新相见了。白色恐怖这么严重，集稿、印刷都感到异常困难，一切都不能依照主观的计划进行……"寥寥数语，传递出一份进步报刊面世之难。但是，它毕竟出版了。在乍暖还寒的时节，就像一只报春鸟，为深陷苦难的人们送去破冰的讯息。

《文报》第11期。木刻版画。画面很抽象，但仍能看出是压迫者与被压迫者之间的强烈对峙。从他们的形体语言中，能解读出愤怒、呼号与强权抗争的情愫表达,有一种一触即发的视觉冲击力。

《社联盟报》第 25 期。空寂的封面上,不着一图,只有四个巨大的木刻字,宛若紧密团结的工农大众,经纬相连,接榫合缝,凝固成一个强有力的整体。据说,这期同样载有陈处泰的著述。

……

这是一份手工刻写,油印发行的秘密出版刊物;

这是一份"社联"中后期从事革命斗争的现实行状录;

这是一份中国现代左翼文化运动史留下的珍贵资料。

从 1933 年到 1935 年,共出版 29 期,浩繁三十余万字。

1990 年 5 月,上海档案馆将它们重新编辑出版。

《文报》是一份综合性刊物,相关研究认为,它至少具备了三个特点:一是有一定的信息量,能够比较全面、及时、准确地反映当时的斗争情况;二是具有指导斗争、动员、学习新问题、研究新思路的权威性;三是对于各联之间情况的互通,反映国际无产阶级对中国进行的反帝民族解放运动的支持,以及重视共产国际对时局的评价和做出的指示等,表现出信息量大、汇集及时等优势。它的发现,不仅为后来的研究者提供了'左联'后期左翼文化斗争的情况,而且能够切实了解到工作转向的真正背景和思想基础。

从这个角度而言,这份刊物意义重大、功不可没。

"发现《文报》的意义,不仅仅在于它的稀少价值,更在于它的内容价值。它为我们保存了珍贵的具有历史意义的文学史料,真实地反映了革命前辈在艰难环境下的斗争意志,和为了紧跟时代前进步伐的认真思考,它的史料价值和文献意义也在于此。"

20 世纪 40 年代出生于浙江乌镇的孔海珠女士,是早期革命者孔另境的长女,现为上海社会科学院文学研究所研究员,主要从事中国现代文学史研究,著有《左翼·上海(1934—1936)》《聚散之间——上海文坛旧事》《痛别鲁迅》《沉浮之间——上海文坛旧事二编》等著述。其中与本文有直接关系的,就是她的那本心血之作《左翼·上海

（1934—1936）》。

在这部书的有关篇什中，孔海珠女士通过查找，发现了陈处泰四篇珍贵的遗文，梳理了陈处泰的思想脉络、工作态度，以及他为之献身的事业。她分别从"爱国热情和政治目标相连""出色的组织才能""激进的思想方式"和"较高的理想修养"四部分，客观中立地呈现了陈处泰作为一位早期职业革命者的真正面貌，并据此认为："这位在'社联'成立不久就成为其中一员的陈处泰，差不多参加了整个'社联'的全部活动。"

陈处泰"既是一位铁骨铮铮的硬汉，又是一位具有较高马列水平的理论家和长期从事革命实践活动的组织者"。同时，她以学者的严谨，指出"他的思想行为在一定程度上具有代表性，反映了30年代在国民党统治区从事文化工作的地下斗争的历史风貌和时代局限"。

正是这些一丝不苟的文字，为我们还原了一位血肉相济、刚柔并存的革命者形象，同时拨冗去霾，真实地再现了那个年代大革命生态最原初的风貌。

雨花台档案馆里，1934年4月《社联盟报》14号，侧栏印有编辑部工作大纲："1. 研究四、五、六三个月的工作计划；2. 如何解决财政问题；3. 社联沪西区的月计划；4. 东区三月计划；5. 怎样去援助美亚罢工？开展工农教育的初步计划……"几乎集教育、培训、筹款、运行举措于一体，非常清晰地展现了当年"社联"的相关活动形态。

《文报》1935年的《新年号：年关斗争纲领》，更让读者清楚地看到当时深刻的社会矛盾，以及"社联"宣传在工人运动中的号角和引领作用。

世界经济恐慌，已经整整过了六年，这一恐慌，动摇了整个资本主义经济体制，侵入了一切工业部门，蔓延到穷乡僻壤。帝国主义国家，虽然想尽了种种加紧压迫和剥削工人的妙计，可是不能拯救他们致命的灾难，而且更尖锐了国内阶级斗争。在去年一年，我们所惯见的新闻，是一方面银行倒闭，工厂关门，失业；另一方面，失业示威，罢工，工人和帝国主义X队的武装冲突，农民骚动等。

……

在阳历年关，国民政府的财政，已走到了山穷水尽的地步。每月经常的正式的收入，不到一X万，倒是"围剿"军费，即达两千万余之多。一切不足之数，都是用苛捐杂税去补充。在四川、湖南、江浙，由航空捐以至马桶捐的捐税名目，都以数千百计……去年的一切，工业生产，比前年平均要减少百分之四十以上；农业生产如面粉、小麦、米等，减少百分之五十以上。这一切凋敝现象，到旧历年关，一定显得更加严重！

资本家是不顾工人和店员死活的，若加紧剥削还不能维持他们的平均产业利润或商业利润的时候，他们一定马上让工厂倒闭！

……我们不难想象到旧历新年，我们的失业队伍，将更扩大！工人和一切城市劳苦群众，会大批地被资本家迫到马路上睡水门汀、饿肚皮！

许多大工厂和商店，他们虽然不会关门，但是趁这失业群众日益加重的年关，劳动力过剩的时候，他们会加紧剥削，要挟工人店员实行减薪，加重工作，增加工作时间，使待遇更加恶劣，遇必要时也会任意裁员，借故开除。

同时，失业人群，因年关的迫近，高利贷者的无情索债，开支的增加，在物质上、精神上，都会更加痛苦。而因失业者的不断增加，找职业的机会更少，债台高筑，一切都会急转直下地恶劣！

因此，在年关前，一切在业的工人和店员，赶快团结起来，加入赤色工会，组织年关的各种斗争：

1. 反对无故开除、裁革！
2. 反对无条件关厂、倒闭！
3. 反对减少工资、增加工作！
4. 反对要求以前一切安业人员复工！

5. 要求发给年关双薪，要求例假，要求分红！
6. 要求保障、改善以后一切待遇，要求增加工资！

失业工人和店员，要组织失业示威，组织赤色失业工会，要求：
1. 复工！
2. 社会保险！
3. 国家接济！

……因此，在年关斗争中：
1. 反对国民党法西斯白色恐怖！
2. 反对国民党出卖民族利益政策！
3. 反对屠杀无产阶级和殖民地民众的第二次世界大战！
4. 反对帝国主义进攻苏联！
5. 反对国民党进攻工农红军！

……

在文档仅存的几期《文报》中，我们看到，陈处泰既是主编，又是主笔。除了社论、后记，他曾以"泰望"为笔名，写了《怎样发挥社联工作的特殊性》；并在第1期《研究资料》上，翻译了共产国际第七次大会文献7篇，和另一份重要文件《文化防卫国际作家会议经过》。

正如胡乔木所言，"社联"后期，已经不成其为"社联"了。它不再仅仅从事新兴社会科学研究和传播，而是以组织领导盟员和外围群众"参加中国无产阶级解放运动的实际斗争"为主。而陈处泰在带领大家进行实际斗争的同时，从未放弃过理论研究和宣传工作。

比如，陈处泰主持的"文总"发出的《加强研究工作获得思想的武器》一文，曾向所属各联提出6条工作原则：

（一）各联必须成立研究部或各部理论研究会，适应其特殊性，展开系统的研究活动；
（二）各联必须发刊对外机关纸，反映研究的结论和组织的见解，对反动的理论和舆论做斗争；

（三）各联必须恢复对内机关纸，加强内部教育，展开反对"左"右倾斗争，并传达工作经验及实践的教训；

（四）"文总"的常委会必须系统做出关于现实问题的研究纲领，审查各种刊物，提出代表的反动观点，并与之做斗争的方法，反映在《文报》的副刊和《研究资料》上，或者印刷临时文件，给各联研究部会指示与参考。

（五）"文总"宣传委必须广泛地搜集关于国际、国内的斗争消息及资料，加以翻译或整理刊载本副刊。

（六）"文总"宣传委必须正确而缜密地审查各联的刊物及各种宣传文件，定期或临时提出报告与指示。

……

与此同时，由陈处泰主导的《文报》，打开窗口看世界，站在国际视野的最前沿，及时汲取域外信息来启迪、引领左翼文化运动的思路与方向。其中刊载的第三国际七次大会的重要文章，开拓了左翼文化战士的思路，在左翼运动处于最低潮时，指明了继续前进的方向，并由此产生了1935年10月25日在第11期《文报》上刊载的"左联"各盟"新纲领草案"：

《中国左翼文化总同盟纲领草案》
《中国社会科学者联盟纲领草案》
《中国新兴教育者纲领草案》
《中国左翼报人联盟纲领草案》
《中国妇女运动大同盟纲领草案》
《中国左翼作家联盟纲领草案》

同期所附《关于发表新纲领的紧急通告》中有这样的文字：

"'文总'在各联及参加文化斗争的群众积极拥护之下改组了新的常委会，接受了广大群众和全体同志的信赖，开始工作，即考虑到并且讨论到改变作风的问题，决定制出新的纲领草案，对各联指示其特殊性和一般性，企图在统一的纲领之下，整顿文化斗争的阵容，展开文化斗争的战线，给敌人所施行的'中日文化合作'与'文化统治'以致命打击……"

同时，《通告》指出："各联常委会必须根据'文总'的新纲领草案和自己的新纲领草案，开始负责任和守纪律的行动！"
……

《文报》复刊后，总编即为陈处泰，刻写是"PS"（沈晓枫）。印刷发行是邓洁、张修等当时"社联"的核心成员。事实上，它已经成为"文总"成立后的机关"喉舌"，也成为统领各联统一斗争的号角。

上海档案馆现存的《社联盟报》编印本，共辑录文章112篇。其中，1934年43篇，1935年56篇，除去附录和罗迈等人的文章，绝大多数是"社联"领导和盟员的论述。

这99篇文章中，至少有10篇出自陈处泰之手。这一篇篇文章，无不浸润了他作为一名职业革命者的心血，是这位年轻的红色信仰者对于左翼文化运动不断探索和思考的智慧结晶。

值得注意的是，《社联盟报》的出版，对于当时正处于白色恐怖下的全体盟员来说，极大地增强了他们继续斗争的信心。相关研究材料显示，当年"文总"领导下的八大盟，只有"社联"做到了一直坚持出版内部刊物，这在当时的政治高压态势下，需要非凡的勇气和胆识！特别是通过《对南区区报和两个工人的生活的批评》这样的文章，使后人能够切实了解到，他们当年费心批评和指导区里的宣传工作，其用心之深远、态度之认真，委实令人感动。

我们甚至无法想象，这样的文字，是在怎样险恶的环境中，以多么激荡的热血写出来的。那每一行字，几乎都闪耀着一位青年革命者理性思考的光芒。

陈处泰，自从走出家乡宝应的那天起，就一直踏着信仰之路砥砺前行。

透过那一份份卷边、粗糙、历经岁月风雨剥蚀的刊物，我们似乎再次看到了那位身材瘦削的年轻人秉烛夜书的身影。 无数次掩卷之际，天已破晓。 他要为整个联盟的运行操心，从纲领到举措，从理论到实践。 而每一次行动，一着不慎，便可能付出血的代价。 那是宝贵的生命之血，他要为每个走上街头的同志的生命负责。 与此同时，在曹家渡，他的妻子，拖着两个嗷嗷待哺的孩子，也许正倚门在望，等候他的归来。 那里是他的家，有他的亲人、他的骨血。 运河古道上的那座千年小镇，故土的父老乡亲，还有他的祖父，自从他呱呱坠地，就给了他无尽的爱、无限的寄托，爷爷年已老迈，自从他出走后，他们再也没有见过面……陈处泰为此困惑过吗？ 革命如此残酷。 它绝不仅仅是万众齐聚时的振臂一呼，也不是报告台上的鲜花、荣耀和掌声。 它更多的时候，是流血，是失去生命，是求生不能、求死不得的意志考验；它残酷到为了实现行动目标，必须做出无条件的、毫无保留的身心祭献。 陈处泰此前犹豫过吗？ 他曾经为此后悔过吗？ 我们相信，他是有感情、知冷暖，是有血有肉的。 只是他的爱，更多地给了更为广泛意义上的劳苦大众。 这才是我们所理解的英雄。 也因如此，英烈的形象才显得更丰富、更多维，也更加真实可信。

至此，让我们再次回望，那位从运河古镇宝应走出来的青年才俊短暂一生的红色履痕。 可以说，他最初的出走是无奈、纠结甚至茫然的，只是一种挣脱封建礼教桎梏的被动之举，是生命个体意识对被樊笼钳制的本能抵抗。 后来，在镇江六中，在安徽大学，这位来自书香世家的青年学子，其家学渊源与大时代新的知识、思想启迪，产生了奇妙的化学反应。 这种反应几乎是天然的，不可逆转的。 它与祖辈的刚直不阿、慎思明辨有关，与来自莲荷之乡出淤泥而不染的风骨有关。 两相对照，对于自由和尊严的渴望，使这位宝应学子就像当年所有渴望新世界的热血青年一样，选择了反抗封建礼教，奋然投身于抵抗暴政的浪潮。

在上海法政学院，时代的暴风骤雨再一次猛烈地打开了他早已开蒙的生命之窗。窗外浪花飞溅，风云际会。那是大时代的革命洪流，以革命救中国，以救亡图生存，已然成为那个年代的最强音……正是这些内外交融的激发，成了他后来走上革命道路，成为一名经得住各种考验的职业革命者的人生转折。这种转折，也使他从此跳出个体视角的窠臼，怀着一腔青春的热血走上救世济人的更为宏阔的生命场域。一旦置身其中，个人追求与家国情怀相交织，从此血脉相融，一并汇入了奔向光明的汹涌洪流。

在上海左翼文化阵营，陈处泰如鱼得水，任意翔游。

这时候，他已经通过早期对各种理论思潮的研究和汲取，形成了系统、完整的马克思主义思想理论体系的自我构建，从而确立了自己坚定的政治信仰。由此，也完成了从一位小镇青年学子到职业革命者的成功蜕变。其时，上海左翼文化运动持续发展的时代大背景，也为这种变化提供了丰厚的滋养土壤。

特别值得强调的是，在当年白色恐怖的高压下，"社联"根据当时的政治斗争形势，不断改变组织成员结构，将根须牢牢地扎到工厂、学校和职员中，使"社联"的组织拥有了广阔的社会根基。这样一支队伍，成员结构广泛，稳定性强，在发动、教育群众，开展爱国的政治斗争等方面，彰显出更多的优势。尤其对宣传中国共产党的主张和抗日民族统一战线都有着积极的推动作用。陈处泰身逢其时，不惧险阻，勇立潮头。对红色信仰的执守，使他个人与民族救亡图存的革命巨浪的交融几乎顺理成章，就像单一的生命音符，终将汇入恢宏的大时代乐章。自此，为了革命信仰和革命目标，虽九死其犹未悔，直至生命的终点。

11. 意　外

中山陵位于南京紫金山南麓，是近代民主革命先行者孙中山先生的陵寝。它依山势而建，由南往北沿中轴线逐渐升高，主要建筑如博爱坊、陵门、祭堂等均排列在一条中轴线上，体现了中国传统建筑文化天人合一的风格。从空中往下看，就像一座平卧在绿绒毯上的"自由钟"，融汇了中国古代与西方建筑之精华，被誉为"中国近代建筑史上第一陵"。

1935年11月1日，出席国民党四届六中全会的代表们在此举行谒陵仪式。稍后，众人前往中央党部礼堂参加会议开幕式。

上午九点三十五分，中央政治会议厅门前。按照会议程序，100多名前来开会的国民党中央委员陆续落座，准备合影留念。他们彼此寒暄着，谈论着天气和时局，脸上挂着或沉郁、或明朗的表情，现场氛围难得一见地轻松。随着新闻记者、专职摄影师纷纷将镜头打开，时间在某一时刻定格。

突然，一声枪响划破了半空的寂静！

随着骤起的枪声，有人应声倒地。刺杀者高喊一声："打倒卖国贼！"紧接着，又连发两枪！中弹者不是别人，却是当天于前排正中就座的国民党行政院长汪精卫。暗杀者弹无虚发，分别击中他的左臂、左颊，还有一枪打在被袭击人的背部肋骨上。刹那间，现场顿时陷入一片混乱。

"抓刺客！"一片乱哄哄的嚷闹声中，周围的军警们一拥而上，冲着行刺者连续开火，然后将他死死地摁倒在地上。

顷刻间，中外舆论一片哗然。

原来，这次暗杀行动的目标是蒋介石。但是开幕式当天，蒋介石见会场秩序混乱，借口身体不适推辞出席参加合影。结果，与日本签订卖国条约的行政院长汪精卫做了替罪羊。

……

半个多世纪以后，当我们拨开岁月积久的尘霾，再度回望那段民国历史上的公案，依然不胜唏嘘。当年参与暗杀事件的众多人物，今天多已盖棺定论。刺杀义士孙凤鸣也于1988年以烈士之誉安枕故土。这其中的很多东西，盘着根，错着节，与本文的主人公陈处泰息息相关，为此，仍然需要我们再度梳理并尽力还原。

1929年，陈处泰的同乡华脘迁居上海后，在他的居住地，即前文所述的"危楼"周围，迅速聚拢了一批国民党左派以及对蒋介石统治深感绝望的至交。

"庆父不死，鲁难未已"，自此，一个大胆的暗杀计划在酝酿中渐露端倪。

时隔不久，宝应同乡张玉华风尘仆仆来到上海。这位血气方刚的年轻人，放弃了金陵大学的学业，转道沪上重新寻找革命出路。稍后，有个叫孙凤鸣的人也来了。孙凤鸣是江苏铜山人，十六岁便随父亲闯关东，在白山黑水之间养成了超常的耐力和意志。他质朴刚毅，挖过煤，从过军，对日寇有着天然的仇恨。尤为难得的是，此人有一手精湛的枪法，临事冷静，百步穿杨。几个人聚集在一起，通宵达旦地进行着方案的谋划。一切都在不显山不露水之中悄然进行着。

随着时间的推移，目标越来越清晰。

很快，一家挂牌"晨光通讯社"的新闻机构出现在南京陆家巷23号。

社长为华克之本人，化名胡云卿，是一位"出资资助的华侨富商"。实则是王亚樵等人在暗中襄助。陈处泰推荐了一位叫贺少茹的丹阳人，毕业于江苏省立第二师范学校，是浦东某小学老师。他并非"社联"成员，但社会阅历丰富，曾经参加过"社联"的一些活动。陈处泰并不知道，这个举动，会成为他就义后身不由己地被"刺汪案"扯上的唯一辅证。总务兼编辑部主任张玉华（张维），采访主任贺坡光（少茹），记者由孙凤鸣担任。这是一个特殊的群体，有着相同的信仰、相通的血脉，自感天降大任于斯人，道义在身，铁肩担当。此刻，他们与古老民族日益绷紧的经纬线相勾连，肝胆所系，都交付在这件事上。

时隔不久，晨光社便获悉一条重要信息：国民党四届六中全会将于11月1日在南京召开。

这条信息，瞬间在这座小楼的每个人心里激起一片巨大的波澜。主要执行人孙凤鸣，此时赴死之心已定。暗杀行动，在此一举。

每天，孙凤鸣除了晨起夜寐，一日三餐，唯一的兴趣就是反复擦拭、练习他那把手枪。那是一只西班牙式左轮手枪。锃亮、冷艳，闪着凌厉寒光的枪身，赭红色木制的枪托，小巧玲珑。握在手里，六弹连响。自华克之交给他以后，孙凤鸣如获至宝，走坐之间皆装在贴胸处。没事的时候便掏出来，无数次地琢磨，模拟演练。先是在意念中冥想，然后掏枪、转身，瞬间扣动扳机。一连串的刺杀动作，干净利落，需要在数秒之内一气呵成。练到后来，所有的动作均融进了下意识，须臾之间，水到渠成。

这时候，陈处泰正与华克之住在一起。刚开始那段时间，他看到同乡每天黎明即起，深夜方归，照例和从前一样忙碌着，彼此都没有过多地留意。接下去的日子，却在对方身上发现了某种新的变化：华克之的眉宇似乎比从前更多了几分异样的凝重。他的眼球上布满了血丝，仿佛正在积聚着某种即将燃烧的能量。更多的时候，这位仁兄在里屋转来转去，连烟蒂烧到手上都浑然不觉。陈处泰隐约觉得，可能有什么事情要发生了。过往每抵这种时候，他总是这副神情。果然，接下去，又有几个人陆续到访。他们关起窗户，拉上窗帘，通宵聚在一起讨论着什么。先是声音很低，近乎耳语。后来，声浪便逐渐高起来。有几次，甚至激烈地争执起来。

他们在做什么？陈处泰没有问，对方也没有说。这是他跟华克之之间约定俗成的习惯，尊重彼此的个人空间。若非亲自问起，一般都不会涉及双方的活动领域。

但随着时间的推移，一切渐渐浮出了水面。

作为"社联"党团书记，陈处泰对于华克之"五步流血"的计划已然知悉。他与华克之师出同门，对这位兄长的胆识深为钦敬的同时，也不乏忧虑。他委婉地带来组织上的声音，即不方便以任何方式支持这一行动，但也不会站在对立面。华克之等人心意已决，表示这件事责任自承。

"现在说服不了你们，祝你们成功吧！"

1934年10月8日，在上海新新南里232号"危楼"上，陈处泰向华克之、张玉华、孙凤鸣三人说出这样一句话。

陈处泰是一个审慎、理性的人。他心里很清楚，战友们即将踏上的，其实是一条不归路。无论暗杀成功与否，前面都是一片剑戟刀丛，形如飞蛾扑火，烈焰焚身。也许，革命的残酷性，就在于不可把握的未知性。有时候它的象征意义，更大过行动本身。至于历史如何评价，也许只能留待后人评说了。"危楼"同住经年，陈处泰与华克之结下了生死默契的情谊。如今，壮士别离，未知何日才能相见，还能否再见？

想到这里，陈处泰内心一阵刺痛，不禁潸然泪下。临动身那天，他和室友们逐一拥抱。最后，跟华克之双手紧握，四目交织，久久难别。他能够清晰地感受到对方决绝的信念。那种坚定感，蕴含了太多的东西，可以说，是对刺杀行动的心如沉甸，更多的还是他们身上所背负的无数渴望脱离苦海的同胞们共同期待的目光。

陆家巷23号晨光通讯社，即将人去楼空。

那几间简陋的屋子里，曾经承载了他们多少个不眠之夜。在那里，他们曾经共同分吃过半锅面条、几块烧饼、一碗腌菜萝卜煮稀粥。在那里，他们曾经纵论时局，抨击积弊，彻夜畅谈至天明。而如今，房间空荡，门扉落锁。几位热血青年即将奔向战场，一幕刀光剑影的大戏，帷幕即将拉开……

彼时，民国史上的一桩惊天大案，因了冥冥中的注定，很快走到它的历史节点上。

1935年11月16日，上海北站。

这天看上去不同寻常。大批军警麇集于此，杀气腾腾，布下一张天罗地网，全力搜捕可疑分子。

原来，刺杀案一出，社会上舆论哗然，各种传言甚嚣尘上。更有传言蒋汪争斗，是蒋在雇凶杀人。气得蒋介石暴跳如雷，立即召见特务头目戴笠，限三天之内把凶手缉获。

一夜之间，南京全城戒严。

缉拿与刺汪案有关人员的告示贴满了大街小巷。军统、中统纷纷出动；荷枪实弹者三步一岗，五步一哨，牵着警犬的黑衣人到处逡巡着；水陆交通一律中断；看似眉眼可疑者、行踪游移者，不由分说缉拿十几人，像一串串粽子般扔到车里，一路押到南京郊外清凉山的黑屋子里候审……

这天上午，一位晨光社的工勤人员在上海北站乘车的时候，不慎落入罗网。

革命的阵营里，一旦环节上出现了意志薄弱者，其代价之惨痛，无异于引发一场九级地震。这位叫谷紫峰的人，在吃尽一连串的苦头以后，没有扛住电刑的折磨，除了对所知事项悉数吐出，还供出了跟案件当事人有关的一个敏感地点：新亚酒楼××房间。

那里是孙凤鸣的妻子崔正瑶落脚的地方。

接下来，就像推倒了一张张多米诺骨牌：仅半日时间，陈处泰在探望孙凤鸣的妻子崔正瑶时不慎被捕；与此同时，在仪征，孙凤鸣的妻妹崔正琪和他的母亲一起被捕；稍后，贺坡光、张玉华在镇江乡下被捕；华克之的妻妹、妹婿也被捕了……

被捕、被捕，成了那段时间的关键词。它就像一个黑洞，吞噬着无数打此经过的人。沾亲带故的，拐弯抹角的，八竿子打不着的……不管与案件有无牵涉，一旦生疑，悉数下狱。顷刻间，上海滩风声鹤唳，草木皆兵。无论军政要员、商贾名流，还是贩夫走卒，几乎是谈汪色变，人人自危。

孙凤鸣在中弹倒地后被迅速送往医院救治。尽管敌人急于从他口中获悉秘密，连续注射强心针，但这位坚强的苏北汉子，却一直咬紧牙关，按照事先跟战友们的约定，没有吐露半个字，并于次日凌晨从容离去。

但是，特务们始终没有捉到"百变之王"华克之。

案件发生后，当局悬赏10万大洋，捉拿暗杀行动的主要策划人华克之。特务们到处搜查，放出了遍布全国包括香港地区的眼线。奇怪的是，华克之却像空气一般蒸发了。他行踪不定，来去如风，似乎永远戴着神秘的面纱，令特务们无从捉摸。他总是在不停地迁移住址。许多次，就在特务的眼皮底下，堂而皇之地戴着假牙，或架着一副很厚的平光眼镜，奇迹般走掉了。

早在10月下旬，华克之便就刺杀行动的善后事宜——做了周密部署，并将孙凤鸣的妻子和养子送到香港。事发后，又从香港紧急筹得一笔款项，准备送往上海，安抚死难者家属。崔正瑶从报纸上得知丈夫死讯后，悲痛难抑，同时半信半疑，始终心存一丝侥幸。她想借送款项的机会，回沪探一探虚实。华克之深陷丧友之痛，不忍违拗她的苦求，只好托回沪做生意的朋友王仁山一路照应。

孰料此次沪上之行，竟然引发了一系列无法挽回的连锁效应。其牵扯人员之多，代价之沉重，无以尽述！

1935年11月16日，上海新亚酒楼。

这天下午三点左右，一位头戴礼帽、身穿长袍的人匆匆而至。他就是陈处泰。自从跟华克之一行分别后，他再也没有见过那些"危楼"的战友们。他们究竟去向何方，行动进展如何，有无性命危险？一无所知。

此后每一天，他的心都悬在嗓子眼上，时刻关注着晨光通讯社的动静。

"暗杀计划的实施，可能会带来一场牵连极广的灾难，为了免除池鱼之虞，我已经为你另外租好了房子，曹家渡那边，暂时不要再过去了。"

华克之这番话,至今音犹在耳。 他的语调里,有一种说不清的沉重。 陈处泰注意到,对方用了"灾难"两个字。 他们都知道,刺杀方案一旦付诸行动,事态的走向绝非个人所能掌控。 交谈中,陈处泰几次用探询的目光盯着对方,欲言又止。 华克之眉宇间那种冷傲的决绝,让他感到再无回旋的余地了。 箭在弦上,不得不发。 他只能将无数将说未说的话,深埋于心底,在心灵深处为战友们暗暗送上祈祷。 是啊!所谓舍生取义,亦不过如此吧。 这种壮士一去不复返的决然,辞行之际,将所有人内心的悲壮都推到了极致。

转眼间,事发半个多月了,全城依然笼罩在大搜捕的恐怖之中。

街面上,到处关门闭户,一片冷寂。 随时可见有人被绳捆索绑地带走。 陈处泰并非不知自己也身处险境。 但对战友的牵挂,让他夜夜倍受煎熬,食不知味。 自从搬出"危楼"后,彼此就断绝了一切音讯。 他们都还好吗? 华睆兄现今身在何处? 还有那个叫孙凤鸣的……一想到孙凤鸣,陈处泰的心又隐约作痛起来! 真称得上是一位铁骨铮铮的壮士啊! 听说他被送往医院后,敌人怕他很快死去,疯狂地给他打强心针,一夜之间,竟然多达150多针呐,那已经完全超出人体所能承受的极限了! 还有他的妻子和孩子,那位纤弱的女子,每天倚门相望,在眼巴巴地等着作为顶梁柱的男人回家……陈处泰再也坐不住了,他不能再这样等下去了。 烈士的血不能白流,他必须为他们做点什么。

现在,陈处泰步履匆匆,踩着这家酒店陈年的木质楼梯上了楼。

周围很是安静,正是顾客小憩的时候。 他并不知道,自己正踏在一条生死线上。 往前再走半步,即是无底深渊。

他是专为探视孙凤鸣的妻子崔正瑶而来。 几天前,陈处泰通过一条可靠的内线渠道得知,崔正瑶已经悄然回到了上海,目前正住在这家酒店里。 他太想知道战友们的消息了。 还有,作为烈士的家属,在这样的时候,他们尤其需要安慰。 临行前,陈处泰不是没有过顾虑。 正值全城大搜捕之际,稍有差池,便会遭到灭顶之灾。 可一想到那对孤儿寡母，正在被失去至亲的凄惶折磨着……大事临头的担当意识，与战友们共担生死的战斗情谊，还是让他稍事装扮，毅然前往。

他哪里知道，就在这天上午，晨光社的工勤人员谷紫峰，在挨过开始的刑讯之后，最终没有逃过精神上的崩溃，以至于在重刑拷打之下供出了一切。

上海北四川路新亚酒店。

前台的服务员像往常一样站在那里，面对往来的客人笑容可掬地招呼着。大堂的沙发上，歪坐着几位假寐的客人，看上去像是随时准备外出的样子。有人正在前台办理入住登记。附近洋铁铺叮叮当当的敲打声，隐约传过来；门外的掌鞋师傅将未修好的鞋子放在地上，正慢吞吞地吃着简易的午餐。一切看上去，跟平时毫无二致……但是，没有人知道，这家看似寻常的酒店，此刻已经设下了四面埋伏，专候一切来访者落网。

陈处泰上了楼。

楼道里静悄悄的，他甚至能够听到自己走路的动静。脚底下发出的沙沙声响，如此强烈地敲击着陈处泰的耳鼓，让他感到一种莫名的不安。至于这种感觉从何而来，一时间还说不清楚，但它确实存在。也许是长期做地下工作所养成的职业敏感吧，那是一种近乎本能的直觉。他不容自己再想下去，紧走几步，来到房间门口，按照事先约定的暗号，轻轻叩击了几下。

门是虚掩着的。陈处泰用眼角的余光环顾一下左右，迅速推门而入。

一种奇怪的动静，突然从周围扑上来。他甚至还没有来得及做出任何反应，就被包围过来的黑衣人围了个结实！事情发生得那么突然，令人猝不及防。当他看到孙凤鸣的妻子崔正瑶被押在那里，嘴巴里塞着一团毛巾，苦苦挣扎欲言又止的时候，一切都明白了。

这一天，是上海左翼"社联"党团书记陈处泰身陷囹圄的日子。其时，全城正处在大搜捕最猖獗的时候。"社联"组织开会，按常规发出约定，几次都没有见到陈处泰到场。他能去哪儿呢？大家都知道，陈处泰是一个组织原则很强的人。举凡联盟有活动，都是他在督促别人，从未出现过这样的情况。一种不祥的预感，顿时像乌云一般笼罩上来，沉沉地压在每个人的心头。人们都觉得可能出事了。但当时联系中断，封锁严密，又不敢贸然打探，一时间无法核对真伪，只有怀着焦急的心情继续等待着……

果然，时隔不久，上海的国民党报纸上，赫然出现一条"共产党'文总'负责人陈望之被捕"的消息。

陈望之，即陈处泰的另一个署名。

那张报纸摊在桌子上，上面的每个字，皆如刀子一般戳在"社联"盟员的心上。他们默默地传看着，从一个人的手中，传到另一个人的手中，仿佛要从那几行简短的文字中抠出另外的内容来。但是，什么都没有，依然是那几个字。而"被捕"的字样，是多么触目惊心！虽然报纸已不知被谁的泪水打得字迹难辨，但看上去，仍然这样让人心痛、心悸，不敢再往深处去想……与陈处泰朝夕相处的日子，却如潮水一般纷涌上来，攫住了每个人的身心……

所有人都知道，这条信息，对于一位在白色恐怖中被捕的共产党员来说，意味着什么。更何况，身为"社联"的主要负责人，敌人自然会穷尽一切办法试图去打开缺口。以战友们对他的了解，身陷绝境的陈处泰，怕是再也无法生还了。

只是，文字中并没有提到他跟暗杀行动有什么关联。

12. 图　圄

这是一张原南京陆军监狱的黑白照片。高高的围墙，大块剥落的墙皮，横拉的铁丝电网，兀然耸立的炮楼，瞭望哨，几株枯干的树枝，零乱地影印在墙壁上，看上去有一种近乎冷酷的静穆感……这样的图景，当时遍布在古老的中国大地上，到处是铁网高墙，到处冤狱丛生。这里有对生命尊严和自由的剥夺，也有坚定的信仰与呼啸的皮鞭、沉重的镣铐及各种酷刑的对峙。

南京陆军监狱,史称小营陆军监狱。北洋政府时期,这里曾经是小营陆军看守所,归属江苏都督府军法课管辖。由于军事犯、政治犯寄押在江苏第一监狱(即南京老虎桥监狱),人满为患,1928年8月1日,国民政府在前小营陆军看守所旧址上,改建成南京陆军第一监狱。这座新起的监狱内设外东、外西、内西三监,总面积4000多平方米,每监分12号,每个号子可以关押16人以上。在中央军监狱建成之前,判刑的政治犯多数关押于此。这里面,也曾关押过许多著名的共产党人。

数月后,陈处泰也被押送到这里。

军警当局磨刀霍霍,满城捉拿"刺汪案"的主谋和嫌疑人。没承想,竟然抓到一名中共要员,这真是意外之喜!

他们很快弄清楚,此人跟"刺汪案"并没有关系。但他的另一重身份,竟然是"社联"的党团书记和"文总"负责人,这却非同寻常!要知道,当年左翼文化运动在上海风生水起,特别是在鼓动进步青年投奔红色阵营方面,影响不可谓不大。他们的组织网络,在当局看来,就像八爪鱼的触须,吸附在上海文化领域的每一根经脉上。其纵横经纬、延伸方式,一直是军警当局破解的难中之难。为此,蒋介石曾经几次大动肝火,无论如何也无法理解,为什么那么多装备和警力,竟然弄不过区区几支笔杆子?他们就像救火队一般,整天到处浇水、灭火,依然挡不住左翼文化运动的烈焰与声浪。正在百无计策的当口,竟然歪打正着,不经意间网到这样一条大鱼,岂肯轻易放过?何妨从这人身上打开缺口,给中共重新组建的上海地下组织以致命一击呢!特务头子脑筋转了几转,当晚,便突击提审了陈处泰。

没想到,几个回合下来,审讯一败涂地。

他们很快领教了这位青年革命者的本领。不唯肚子里有墨水,辩才也是了得。陈处泰几次后发制人,将审讯室变成了宣讲论坛。谈当下民族的内忧外患,痛斥国民党当局的昏聩与腐败;谈马列主义与三民主义的异同；谈未来中国革命的发展走向……审讯者越听越紧张，忍不住将茶杯摔到地上。

"住口！ 快停下，不要再记录了！"特务头子冲着旁边的书写人员一迭声地吼道，"竟然跑到老子眼皮底下搞赤色宣传来了！"

陈处泰自从身陷囹圄那天起，就抱定了与敌人决死一拼的信念。由于长期在白区从事地下活动，他曾经特别羡慕那些真刀真枪打游击的战友们。 那份骑马挎枪走天下的豪迈，那种千里马革裹尸还的悲壮，都曾令他感喟不已。 但白区工作的特殊性，又使他不得不将这份愿望长久地压抑在心底。 现在，既然身份已经暴露，他索性打定了主意，与敌人当庭展开面对面的斗争。 而这恰恰是他所期望的。

"心虚了吧，你们有胆量把审讯室搬到广场上去，当着众人的面跟我辩一辩吗？"陈处泰稍事停顿，语调不徐不速地反问。

审讯者摇了摇头，说，"陈先生，你大概还不知道身在什么地方吧。 凡到这里来的人，倘若不识时务，都是站着进来躺着出去的。 你不妨和盘托出……"

陈处泰怒斥道："你们抬头看看眼前的世界吧，内忧外患，民不聊生。 老百姓们水深火热……不去关心民众疾苦，却整天倒行逆施，如此为虎作伥，不怕将来被人民清算吗？"

审讯者狞笑一声，说："陈先生，别绕圈子了，打开窗户说亮话吧，你的身份我们早就搞清楚了，你是'文总'的要员，今天能请到这里来，也算幸会。 我们一直敬佩陈先生的为人，也不想为难你。 这样吧，把你们的地下组织网络告诉我们，就放你出去。"

陈处泰说："好啊，既然你们一切都知道，就不必再费口舌了。 更何况，想从我这里得到只言片语，怕是要枉费心机了。"

审讯者朝左右摆摆手，说："放给陈先生看看，免得惊着……"话音刚落，审讯室的内门猛地打开了，顿时一股冷气，夹杂着一阵莫名的血腥气冲了过来。

透过明灭不定的灯光，依稀可以看到墙上挂满了各式刑具。 黑暗的纵深处，有只硕大的火炉正在熊熊燃烧，烈焰朝四下里不停地释放着，仿佛要将一切靠近它的人吞噬掉。炉火旁边的老虎凳上，一个血肉模糊的人被绑在那里，瘆人的皮鞭声在他的身体上方甩动着，与肉体相击时发出一种令人头皮发麻的呼啸。凌空抽动的尾音，刺激着每一位听者的神经。

"陈先生，都看到了吧？ 早说了，不要自讨苦吃。 你在为他们卖命，他们现在还不知在哪儿享乐呢！"

陈处泰坐在那里，凛然不动。 仿佛在看对方拙劣的表演——他们喋喋不休、捉襟见肘式的聒噪，他们东一榔头西一棒、逻辑混乱的自问自答……他只是不发一言，似乎进入了入定状态。

审讯者一时无计可施，恼羞成怒地喝道："既然如此，那就不要怪我们敬酒不吃吃罚酒了，来人呐，给我拉进去，用刑！"

两边黑衣人应声而至，将陈处泰从凳子上拽起来，推推搡搡朝刑讯室走去。

少顷，瘆人的皮鞭声再度响起来。 他们将陈处泰押进去，让他亲眼看着那位被绑在老虎凳上的人，随着鞭子挥舞的动作，发出一阵阵疼痛的喊叫。 那声音揪着心，扯着肺，仿佛是从地狱边缘传来的濒死呻吟，在旁观者听来，更甚被鞭笞者百倍……但是，陈处泰心如沉缸。 自从参加革命的那天起，他就知道，自己行走在刀刃之上，随时都面临追捕、逃亡，乃至锒铛入狱。 无数可能的场景，曾经在他脑子里反复设想过、出现过。 眼前的情形，不但没有让他怯懦，反而在他心中激起了更为痛切的愤怒！

这可是血脉相通的同胞啊，他们跟自己一样，为了心中的信仰，为了未来的新中国抛弃一切身外之物，坚定、决绝地走上革命道路。 然后，因为某个环节上的断裂被拘捕，被送到这炼狱一般的魔窟，在这生死边缘经受着更为残酷的考验。 不管多么鲜活的生命，一旦被送到这里，就等于进了鬼门关，求生不能，求死不得……他们是谁，也许并不重要。 因为在这里，自从入狱那天起，他们的姓名就消失了，统统被编号所取代。但有一个闪光的名字，却刻在他们的骨头里，是任何力量都抹杀不掉的——革命者。也许这就够了。和他们在一起，陈处泰感到更为强大的精神依托。这种对生命的践踏、荼毒，只会将他的意志锤炼得更加坚韧，然后化为无形的精神力量，去抵御一切外来风雨的侵蚀……

此前，陈处泰曾经设想过一千种凶险、一千种可能，却从未想到过，竟会以这种方式被捕。那天，他并不知道自己一步跨出去，前面就是深渊，自己竟然会由于刺汪案的牵涉而被捕。那些"危楼"的战友们，他们都还好吗？他们现在都在哪里？还有，孙凤鸣的妻子……一想到这里，他的内心再度涌上一阵钻心的痛楚，索性牙关紧咬，闭上了眼睛。

审讯者一无所获，只好如法炮制，祭出了所有的招数。老虎凳，皮鞭，反复灌辣椒水，囚笼地牢，乃至电刑……那是一种超出人体生理极限的蹂躏和摧残，即便熬过最后一关，也非死即残。而陈处泰，仿佛是用特殊材料制成的人，以惊人的意志，扛住了难以想象的折磨。特别是被绑在电椅上的时候，他毛发皆竖，目眦尽裂，身心重创，皮开肉绽，唯执一念在胸，即革命的终极目标，就是百折不摧，打碎眼前这个镣铐加身的囚笼。为了新中国的诞生，哪怕烈焰焚身，九死一生！

"被捕下狱对意志薄弱者，也许会感到难以名状的懊悔，而对于真正革命者来说，这是一种锻炼和教育。他得保持着和平时工作一样的忍耐力和战斗力，充分发挥一个革命者的积极性和创造性，继续以秘密活动的方式进行革命工作。"陈处泰曾经写下这样的文字。

正是以这样的心理支撑，他熬过了一次又一次酷刑，在与敌人的斗争中，始终保持了一位信仰执守者坚忍不拔的气节和风骨。

关于陈处泰被捕后的细节，在业已面世的相关文牍中，鲜有提及。其中，当年的同乡华皖，即刺汪案的主要策划人华克之的回忆，显得尤为珍贵。

1935年11月1日，南京晨光社记者孙凤鸣烈士"刺蒋介石不成误伤了汪精卫"一案爆发后，相当长的时间内，南京、上海两地处在严厉的白色恐怖之中，蒋帮中军统出动侦查，晨光社的同志先后被捕。有关无关的人士被株连的百数十名之多，陈悯子同志也是其中之一……以后所闻：王仁山陪同崔正瑶到了上海（王是我私人朋友，崔是孙凤鸣夫人）暂居北四川路新亚酒店，悯子路过，便中访问。当时适叛徒谷紫峰被捕自首供出王崔住址，突击搜捕，悯子不幸误被网罗。

由上海公共租界协助解入南京市蒋帮的公安局特务组织，遭到五刑严讯，体无完肤，悯子始终坚贞不屈，严正声明，与此案无关。在他领导和联系的党的关系十余处，无一牵连……

数月后，某日昏夜中，起解南京，偶与张玉华相遇于铁甲囚车中，在许多酷吏监视下，全夜只说了两三句话。悯子说，两腿受刑已被折断，但我什么都没谈（那时他已不能行走，抬着上下车的）。到南京后，复被分别监禁。一别遂成千古。

以下情节，均在汪精卫公开卖国投敌，全国人民切齿痛恨，蒋军节节败退；在国民参政会上，沈钧儒、史良先进人士及冯玉祥先生公开提案，要求释放晨光社爱国志士。主审此案的吴煜恒同志（新中国成立后在最高人民法院任职，兼任北京市民盟主席）趁机立断，秘密裁定，在贵阳监狱中，释放张玉华"出狱就医"，张玉华绕道重庆回沪后，转辗找到了我相告的。

悯子同志身体遭到重大折磨，久病狱中，根据我的好友张子羽同志从军统方得来的消息，从张玉华出狱后和我的估计，悯子是在七七事变后，蒋帮撤离南京前夕，和一大批政治犯一同被蒋帮杀害于南京的。

……

张玉华被捕前的身份，是晨光通讯社总务主任，实际上的负责人。囚车偶遇，不免忆起十多年前在宝应，他和陈处泰、华克之几人高声吟诵"路漫漫其修远兮,吾将上下而求索"的情景。

那一刻,往事纷至,两人不禁潸然泪下!

是啊! 他们是一同来自江苏宝应的同乡。 曾经一起闹过学潮,一起手挽手走上街头,抗议国民党的暴行;一起秉烛夜战,为未来国家的诞生描绘过心中的蓝图;一起下过小吃铺,几张烧饼,一碟花生米,为革命的即将成功干杯;一起夜阑时分到大街上去撒传单;一起躲避军警的追捕;一起讨论集会方案,偶尔也争论得面红耳赤;一起熬夜赶材料不觉旭日临窗……

再看眼前这个人,头发凌乱,虚弱地躺在一张简易担架上,身上盖着破旧的毯子,满面疮痕,额头潮红,似乎正在发着高烧。 而他的双腿……张玉华一见之下,不由暗吸一口冷气!

陈处泰的双腿已经完全不能动弹,看上去已经被打坏了,就这么瘫软地搭在担架边上,人根本无法翻身活动。 哪怕一次轻微的挪动,都会令陈处泰从喉咙里发出难以抑制的呻吟声。 张玉华的心就像被一只手猛地揪了几下,痉挛似的抽搐起来。 这可是朝夕共处的同志啊! 眼看着对方躺在那里,忍受着如此惨烈的病痛折磨,而他作为昔日的同乡和战友,却爱莫能助,心里真是说不出地痛楚!

途中,他曾经几次想跟陈处泰交谈,都被对方用眼神严厉地制止了。 身边押解人员众多,他们无法进行更深入的交流,甚至必须装着互相不认识。

雾霾沉沉,车轮滚动。 铁制囚车内被铁幕一般的压抑氛围笼罩着,那种接近死亡的气息,令人窒息,让神经薄弱的人身心一点点趋于崩溃。 而具有强大精神支撑的陈处泰,却始终泰然自若。 倒是那些押解人员,一个个如临大敌地握着手中的枪械,面对着一个已经无法动弹的人,眉宇间的戾气和紧张感,始终未有一丝一毫的收敛。

此后余生,张玉华老人时常在梦魇中被某个画面惊醒。 那位叫陈处泰的同乡,目光坚毅,反复在眼前出现。 无数画面切入、淡出,一幕一幕就像在过电影一般。 他的面容,一忽儿变成慷慨而歌的英俊少年；一忽儿变成领着人们在街头游行的青年革命者；一忽儿奋笔疾书，在写一篇篇匕首投枪般的文字；一忽儿却满身血污，衣衫褴褛，在遭受敌人的严刑拷打……而他裹着沉重锁链的双腿，却再也无法像学生时代那样，健步如飞了……张玉华每每从睡梦中倏然惊醒，总是涕泪长流，无法安枕，直至窗户上一点点露出灰白的天光。

1952年，张玉华在上海病故。何曾想到那次与陈处泰擦肩而过，竟成永诀。

13. 雾 霭

陈处泰被捕与牺牲的真相，在其后的三十多年乃至近半个世纪的时间里，始终扑朔迷离，犹如一团迷雾，等待着人们去挖掘、去追寻。

革命时代的恢宏交响，犹如浩浩江水，奔腾着、咆哮着，裹泥带沙，一路奔涌前行。这其中，个人命运犹如飞溅的浪花，在空中猝然绽放，然后被时代的洪流裹挟着，飞流直下，一泻千里。革命的、不革命的、反革命的，烈士、勇士、战士、变节者……人"鬼"之间，鱼龙混杂，统统汇入这部大时代的乐章。由于势头过于迅猛，人们来不及甄别，因此带来了无数令人唏嘘的跌宕感。这些命运曲折，以及由此衍生的一系列冲突、升沉，百转千回，欲说还休。

这其中，红色英烈陈处泰的革命生涯，就是其中山重水复的一章。

陈处泰就义于1937年。由于特定的、经纬勾连的历史世相，他的离去，使得他对于家人、对于社会，都成了一个谜。其间，抗日战争，解放战争，中华人民共和国成立……人们忙于开天辟地，无暇去发掘那些被历史雾障遮蔽的人们的历史。这使得陈处泰在他牺牲后的很长一段时间内，得不到契合本原的解读，也不为大众所知。

在这里，我们要感谢那些有勇气的人，是他们，本着探寻历史、挖掘真相、还原事实的态度，用不懈的研究与考证，一点一点拨去时间的尘霾，将一个多面、立体、真实的陈处泰重新呈现在世人面前。

刘丹，原浙江省人大常委会副主任、浙江大学名誉校长，为当年共同奋斗的陈处泰烈士写下了很长篇幅的纪念文章，字里行间，充满了对昔日战友的缅怀之情。

1929年春，刘丹为继续报考高等学校和寻找党组织，在南京与陈处泰分手，之后又曾经两次在上海与陈处泰见面。1931年底，他经狱中的同志介绍去上海寻找党组织。一天，在上海金神父路碰到陈处泰，两人都很开心。陈处泰随即约他到饭馆一起小酌，共话同窗往事。刘丹介绍了自南京分别后，自己于1929年4月和刘树德等人被捕，目前刚从狱中出来的情况。陈处泰谈到在上海法政学院读书，并积极投入反蒋抗日活动等情况。其时，刘丹在上海人生地不熟，还没有落脚的地方。

陈处泰听说以后，非常爽快地说："没问题，我有位同学叫陶白，眼下住在单身公寓里，你可以到他那里去，连铺盖卷都不用准备呢。"

刘丹一听，喜出望外，握着陈处泰的手使劲晃了晃。从此，刘丹就搬去跟陶白一道居住了。年轻人志同道合，思维活跃，又都是为着一个共同的目标来到上海，自然相见恨晚。此后几个人经常聚会，商量开展革命活动。

这时候，上海的革命浪潮此起彼伏。街面上每天都有地下组织牵头的游行集会、街头演讲，以及撒传单等"飞行集会"。刘丹在陈处泰的带领下，曾先后参加过两次，其中一次是纪念广州暴动。那些活动给他留下了深刻的印象，特别是陈处泰现场组织活动时的临危不乱、思虑缜密，以及游行结束后，立刻诉诸案头的理论分析。这些，都让他对这位昔日的同学刮目相看。

后来，因为要寻找原先的组织，刘丹就与陈处泰分别，匆匆返回家乡安徽了。

再见陈处泰，是刘丹由安徽转移到上海，在远东反战反帝反法西斯总同盟组织部工作后的第二年，即1934年6月、7月间。

有一次，刘丹在上海虹口公园附近换车，看到一个熟悉的身影。

那人站在距离车站牌稍远的地方，一身短打扮，看上去有点像码头工人的装束。他肤色黝黑，头上戴着工装帽，正站在那里候车。刘丹注视了一会，心里突然怦怦狂跳起来！因为那人的侧影，跟他曾经朝夕相处的陈处泰何其相似！他小心翼翼地转过去，远远打量了一会，少顷，快步上前，用刻意压低的声音招呼道："好家伙，原来是你啊！"说完，一把抱住了对方的肩膀。

两人都没有想到，多年以后，竟然会以这样的方式偶遇，真是差点失之交臂！刘丹眼中的陈处泰，还是那样有活力，而且更加沉熟和稳重了。只是那身工人装束，让他猜出陈处泰可能正在从事秘密革命活动。那天，刘丹穿了西装，手里拎着一只行李箱。考虑对方在复杂的环境中从事秘密工作的隐蔽性，两人没有更深入地交谈，便分开了。

后来证实，当时陈处泰正在"社联"工作，并且加入了中国共产党，之后还担任"文总"书记。

1934年8月，刘丹因被叛徒出卖再次入狱。出来后，两人再也没有见过面。但刘丹仍旧时常想起和陈处泰一起走过的日子。1939年，他调到了新四军军部。工作上千头万绪，紧张忙碌，很快将个人的感怀冲淡了。

一天，刘丹和同在新四军教导队工作的陶白闲聊。正说着话，陶白突然问："陈处泰的事听说了吗？"刘丹眨了眨眼，不明就里地追问什么消息。"可能遭拘捕了。"陶白语气沉重地说，"我也是听别人说的，眼下具体细节还不清楚……但身陷囹圄是肯定了。"

刘丹大吃一惊！但当时政治形势扑朔迷离，大家都无法探听到更多的信息。此后，陆续传来了消息，说陈处泰被捕后不久，即惨遭国民党反动派杀害。刘丹闻讯后，既悲痛，又感慨。一位才华横溢、对战友有着火一般热情的同学，就这样失去了！此后很长一段时间里，刘丹耳边时常回响着他们从前争论问题时，陈处泰那时而沉着、时而高亢的声音，心情久久不能平静。陈处泰年仅二十多岁，正处在风华正茂的年龄。刘丹无论如何也没有想到，那次两人在上海不经意的碰面，竟然成了永诀！

"故人生死足千秋"，陈处泰过早牺牲，到刘丹20世纪80年代中期写下怀念文章时，光阴已经整整流逝了四十八年。随着岁月的流淌，许多往事在人们脑海中早已经淡化了。但作为"最亲密的同学、敬爱的战友"的陈处泰，他坚定、果敢、无私、无畏和对党忠诚的革命者形象，却始终清晰地铭刻在刘丹的记忆里。

还有一批当年同在沪上投身革命的青年，以及许多当年与陈处泰共事的同事，他们的回忆，弥补了关于陈处泰生平诸多缺失的细节。这些回忆是当年亲历者的近距离描述，因此更为直观，也更具有可信度。

"社联"盟员张修，1934年春到上海以后，起初在"文总"下的"社联"工作。这年的四五月间，组织上分配她做交通发行工作，当时领导她的几位同志中，她印象最深的就是陈开泰（陈处泰）。一开始，陈处泰就严肃具体地告诉她工作的重要性，特别向她提出要求，必须严格遵守党的纪律。

几个月后，工作开展得很顺利。张修渐渐产生了麻痹思想。有一次，她听说过几天群众又要举行游行集会，心头难免怦怦乱跳。那是怎样一种热烈的场面啊！令人血脉偾张的演讲，就像无数干柴投到灶膛里，随时都能够"腾"的一下，激起更大的、熊熊燃烧的烈焰。那些挥动的像是要随时斩断铁锁链的手臂，那种手挽手肩并肩的铁流般的推进步伐，还有和军警突然爆发冲突时的群情激愤……不亲身经历一番如此面对面的斗争，难道不遗憾吗？

一转眼，到上海已经有好几个月了，还没有参加过公开的对敌斗争，张修总感到有一股气闷在胸间，憋得难受。是的，如果能到马路上去感受那种现场的氛围，同许多群众一起，参加一次示威游行，放开嗓子喊几声"打倒帝国主义""打倒国民党反动派"，该有多痛快！思来想去，张修终于忍不住鼓起勇气向组织上提出了要求……

那段日子，陈处泰特别忙碌。既要写实务性的探讨文章，又要忙"社联"的具体组织工作，堪称日理万机。听了张修的要求后，他专门找她谈了一次话。那次谈话，给张修留下了终生难忘的印象。

陈处泰并没有上来就给她扣上一顶"幼稚""冒险主义"的帽子，而是循循善诱，先是肯定了张修脱离家庭，离开学校，参加革命工作是难能可贵的；到上海后，很少考虑个人安危，无论组织上分配什么工作，都能无条件接受，并千方百计完成任务，说明对党的事业是忠诚的……

一番话，听得张修心里特别熨帖，觉得陈处泰肯定能答应她的要求了。

孰料，陈处泰话锋一转，严肃地说，应当充分考虑到眼下党交给她的任务，不是到马路上去参加示威游行，而是安全完成交通发行工作；参加游行集会，如果让敌人盯梢跟踪，把家里的文件都搜去，这不是给党的事业带来损失吗？同时，除了将她抓去外，还有可能把跟她有工作联系的同志也抓去。想一想，这样的危害该有多大呢！所以根据她的工作性质，组织上是不应该，也不可能同意她去参加示威游行的。同时，他还向张修指出，党员必须加强组织纪律性，组织上没有同意这样做，就无论如何不能自由行动……

"党员必须加强组织纪律性，组织上没有同意这样做，就无论如何不能自由行动……"多年以后回想起来，这句话依旧在张修耳边回响着。

她眼中的陈处泰，既是兄长，又是一位原则性极强的组织领导，更像一位随时指出革命危险性的引领者。这样的点拨，有着很重的分量。它直抵革命的残酷性，对于那些刚刚走上革命道路，对一切还抱着朦胧幻想的青年学生来说，每一句话，都无异于醍醐灌顶。

"又过了一段时间，忽听老陈同志被敌人杀害了，我听了这个不幸的消息，真是悲痛欲绝，心如刀绞一般难过……"张修的话，代表了当时所有听到这个消息的同志们共同的心声。

作为当年与陈处泰共过事的青年盟员，这样的描述，为我们还原了一幅非常鲜活的场景画面。也明白究竟是为什么，当陈处泰被捕的消息被确认后，那么多的同志都有撕心裂肺的感觉。这种感觉，是为着一个共同的目标奋斗、肝胆相照的战友才会拥有的。战友逝去，痛如断手折足。

是的，有人被捕了，有人叛变了，有人逃亡了。天堂与地狱之间，无穷的故事在演绎，无数人的形象被重新定义和诠释。或壮志千秋，或变节不齿。这就是那个年代的上海滩。龙蛇之间，顷刻轮回。唯大写者永存于世。

那么，陈处泰真的牺牲了吗？由于当时处在刺汪案特殊的历史节点上，众口纷纭，确实一度难以拨冗。毕竟在那样的年代，白色恐怖之下，传言甚嚣，一时真伪难辨。人们只能凭借着直觉，以及一点点残缺不全的信息去捕捉真相，并且在现实中艰难地寻找对应。那些曾经与他朝夕相伴的战友，何尝不是心存侥幸，暗自祈祷他的离去只是一个传言。

失踪、关押、牺牲，这些跟革命有关的语言符码，今天读来，是何其残酷啊！每个字眼的背后，都是血肉被绞杀，生命被荼毒，一步之遥，性命攸关。但与此同时，为什么仍有那么多人在前仆后继？这个命题，直到现在，仍在被解读、探究、拷问。即便在现代社会，它对于建构人类的精神家园，仍至关重要。

陈处泰牺牲的消息，最终见诸新中国成立后一名被镇压的特务分子姚儒栋的交代。

这是迄今为止，证实陈处泰命殒雨花台最直接的文字材料。在有关档案中，明白无误地写着："社联"党团书记陈处泰，在1936—1937年牺牲前，曾经被押往宪兵司令部看守所。其时，姚儒栋任看守所所长。

"迨一九三七年七七事变，南京撤退时，关于刺汪精卫案（刺汪案），孙凤鸣的党羽陈憪子等计24人……均经首都卫戍部命令枪决。"

一页卷边发黄的文牍，静静地散发着不易察觉的死亡味道。它抹去了一切与血肉相关的陈述，将所有的内容都浓缩在短短的几行文字里，冷酷到极致。字里行间，我们触摸不到任何生命的气息，但谁又能知道，这看似简单的寥寥数语，掩藏了多少时代风雨。

陈处泰的牺牲，至此已经确凿无疑。

与此同时，冷硬的文字后面，却隐含着另一个重要的信息。今天看来，陈处泰当年以与那段民国公案有关的罪名被杀，其实，背后有着国民党当局的别有用心。他们之所以这样做，不过是为了逃避诛杀政治犯的罪责罢了。然而，在诸多因素的影响下，英烈献身革命，而事实细节却一度被迷雾笼罩。

当年左翼文化阵营的核心人物之一许涤新，曾任"社联"党团书记，并负责"文总"的组织工作。他不但是陈处泰的入党介绍人，也是他加入"社联"的介绍人。新中国成立后，许涤新作为社会科学界的重要领导者之一、全国著名经济学家，在对陈处泰的相关回忆文字中，在肯定陈处泰被捕后高风亮节的同时，也曾有"江湖义气""热心搞暗杀"的描述。这给许多后来者在对陈处泰的形象认知和研究上，不同程度地带来了先入为主的影响。这种情况，既有大革命时代地下工作的特殊性所致，更多的还是由于当年信息传达的隔膜。

实际上，许涤新并不知道陈处泰与王亚樵、华克之一干人等的接触，仅仅是一种工作关系。按照党的秘密纪律，陈处泰不可能将真实的情况告知他人。这使得那次刺杀行动在很长一段时间内，始终充满悬疑。事发两年后，案件主事人华克之曾经到延安向毛泽东当面做过汇报。但直到20世纪50年代，由于历史原因，人们对相关人事始终讳莫如深……

1999年，由文化学者韩厉观与陈立平合著的长篇纪实文学《华克之传奇》，由江苏人民出版社正式出版发行，与刺汪案有关的许多不曾面世的历史细节，始大白于天下，为更多人所知悉。

"年轻的'文总'书记陈处泰虽然很早就离开我们而去了，但他走过的艰辛道路，他思想发展的脉络，他为之献身的事业，都代表着一代知识青年渴望追求崇高理想的精神。他们不愧为时代的叛逆者，人类的先锋。陈处泰以他勤恳的工作态度、旺盛的战斗意志、高度的爱国热情、干练的组织能力，给后人留下了深刻的印象，他青春发出的光彩将永留人间……"

上海社会科学研究所学者孔海珠，在《"文总"书记陈处泰》一文（载《左翼·上海（1934—1936）》）里，用她的笔触，再现了一位活力与激情兼具、感性与理性并存的革命者形象。在为数不多的有关陈处泰的现存资料中，她的研究著述，既有作为一位社会学者本身的严谨考证，也站在更高的充满人文关怀的层面上，出于对陈处泰作为一个生命个体的还原，其表述更多维，也更接近史实真相。

三

14. 抚 孤

当一个人年华老去，记忆最清晰的是什么？童年。这句话在陈不柔老人身上表现得尤为明显。多年以后，当她回忆英烈父亲陈处泰、与父亲有关的陈氏家族，以及自己的母亲时，多次哽咽不已。但回忆中最生动的细节，还是小时候的她和弟弟。

陈不柔是1932年生的。她听说母亲怀孕时，父亲陈处泰很开心，临产时把母亲送到医院。孩子落地后，母亲吓了一跳。原来护士将婴儿抱过去，突然惊呼一声：怎么有三个耳朵哇！ 母亲金书紧张得一晚上没睡觉。 难不成生了妖怪？ 后来经过仔细查看，原来耳朵上多了个小肉丁丁，呵呵……母亲用手摸着孩子的耳朵，反复几次，最终破涕为笑。 这种回忆对陈不柔老人来说，既温馨，又感伤。

"父亲赶到医院里探望，把胖嘟嘟的我抱在怀里，左右硬是看不够。 自己的孩子啊，再丑也是好的！ 父亲的战友，但凡认识的，都说我们父女俩长得很像。"

呱呱坠地的婴儿，躺在身为革命者的父亲怀里，却是浑然不觉。 尚未睁开双眼的女儿，哪里知道此时的父亲，为了家国正游走在生死之间，片刻相聚，已是难得。

陈不柔一岁半的时候，弟弟也出生了。 而在母亲怀着弟弟六个多月的时候，父亲却被捕了。

那是陈处泰第一次被捕。 据资料查考，时间应该在1933年4月。 因为叛徒出卖，陈处泰和战友陶白在沪东定海桥同时被捕，先关押在上海公安局，后转押至苏州狮子口监狱，即江苏省第三监狱。 这座监狱和南京老虎桥监狱、上海提篮桥监狱，并称为"民国三大监狱"，是专门关押重刑犯人的。 由于陈处泰和陶白已经有丰富的对敌斗争经验，国民党当局未能掌握足够的证据，一时不好定罪，只有暂时将他们关着。

这日，华克之到监狱探望，告诉他们组织上正在多方营救，会尽快想办法让他们出去的。 望着对方坚定的眼神，陈处泰用力点了点头，顿时感到无穷的力量。 时隔不久，经华克之多方斡旋，再加上得力的律师辩护，在被关押半年之后的第二年5月，果然将他俩无罪释放了。

当陈处泰有惊无险地回到家中，儿子已经出生六个月了。

他哪里知道，此前，妻子也经历了一番惊心动魄的挣扎。 孩子是在家里生的，不巧遇到难产，生的时候腿先下来了。 孩子刚出生时面容青紫，手脚冰冷，没有任何呼吸抑或哭声。 这在民间，就是名副其实的难产，孩子能存活下来的希望非常渺茫。家里就近找来的接生婆，曾经接生过不少这样的孩子，对此早已波澜不惊，拍打了半天，见依旧没有动静，就无奈地说：没用啦，丢了吧！当年民间医疗条件很落后，由于战乱饥荒，老百姓生活难以为继，溺婴、弃婴并非个例。

这个难产的孩子，看来只有扔掉一条路了。

躺在产床上的女人却坚决不同意。这时候，外面寒风呼啸，风一下一下敲击在窗户上，仿佛击打在房间里每个人的心上。女人躺在那里，脸色蜡黄，感觉浑身虚弱得就像一张薄纸，随时有可能被窗外刮进来的风雨裹走，心里却是揣着百样的滋味！她知道丈夫陈处泰眼下还在监狱里。他是那样爱孩子，上次临出门的时候，抱着沉睡中的女儿亲了又亲，又特地叮嘱自己照顾好有孕的身体。女人当时一句话也说不出，只能拼命压抑着自己的情感，生怕眼泪忍不住掉下来。她不想当着丈夫的面流泪。这些年跟着陈处泰，聚少离多。此一别，不知何日才能相见。所以，她想无论如何，还是要让丈夫放心离开……

现在，如果孩子丢弃了，怎么跟丈夫交差啊！那一晚，陈处泰的妻子表现出惊人的执拗。她坚持用旧衣物把已经几乎没有生命体征的婴儿裹起来，抱着一线希望，让人用当地民间的土方子水烟熏救治。慢慢地，熬到天快亮的时候，婴儿竟然有了微弱的鼻息。一家人喜出望外，赶紧用小被子把孩子包好放在摇篮里，就这样昼夜不歇地守候着。也算是苍天有眼，守到第三日，九死一生的男孩终于哭出声来。

失而复得，陈家人都乐坏了！

曾祖父陈务人当时尚在人世，陈家有了两个重孙子，男孩就叫大重。陈不柔是在上海生的，乳名阿毛，就唤作大毛。

对于陈处泰的妻子，在许多有关英烈事迹的介绍中，都鲜有提及。这位相貌质朴、性格贤淑的纱厂女工，不识字，却有着超出一般女性的坚韧力量。丈夫陈处泰整天在外面忙什么，她其实并不清楚。但她理解自己的丈夫，知道他在外头做大事，忙跟国家有关的事。自己虽然帮不上忙，但是拼了命也要让他们的孩子活下来。

陈处泰的一双儿女，一位叫陈不柔，一位叫陈不让。在讲究温良恭俭让的传统社会，这样的名字，乍听上去，总让人觉得另类，甚至带有几分怪诞的色彩。

儿子出生后，陈处泰一直很忙碌，平时难得回一趟家。有一次又要出远门，妻子金书将他拦在门口，说："哎，一个都会走路了，一个也生出来了，我不识字，你再忙，总得给孩子起个名吧。"陈处泰拍拍脑袋，不好意思地笑了，说："好哇！今天就起。一个叫不柔，一个叫不让。"妻子金书听了，感到很奇怪，说："人家孩子的名字都文绉绉的，你这是起的什么名字？"陈处泰认真地解释道："意思深着呢，30年代女子都很温柔，三从四德，被旧世界太多的清规戒律禁锢了……所以女儿不能像旧社会的淑女，要学做刚强人，要有反抗精神。我的孩子们要对黑暗势力决不妥协，不能让步。"

妻子听了，似懂非懂，但还是勉强接受了。

今天看来，不柔不让，更像是一句冲破旧世界牢笼的宣言。在这种意志力的背后，是无数涌动着的青春热血和激情，他们是奔涌的时代洪流中翻卷腾跃的浪花，是革命最原初的力量。陈处泰决意要把这种生命的基因传递给自己的孩子。他坚信，自己的妻子，还有孩子，未来一定会懂得他的良苦用心。

这段20世纪30年代的故事，有着大革命时代如此明晰的特征。在这个故事的画面里，一位叫陈处泰的年轻人，正在对着摇篮里熟睡的孩子和纯朴的妻子慷慨陈词。他不停地挥动着手臂，目光炯然，豪情万丈。他坚信，经过自己和同伴们的奋斗，一个全新的国家即将诞生。而这一切，都取决于他们打碎一切枷锁的意志和力量。

"这个名字，是在抗战大背景下起的，当时全国上下同仇敌忾，所以外公起这样的名字，应该有面对日寇铁蹄的蹂躏，祖国山河寸土不让的意思……"陈不柔老人的长子，现任教于国防大学的博士生导师陈依工教授这样解释道。

在吴江当地的方言中，"不柔"这个词，是一种陶瓷缸名称的谐音,专门用来盛东西的。 母亲金书虽将寓意告诉了女儿,但小不柔似懂非懂,依然很不开心,总觉得顶着这样一个名字,在同学中间会被视为另类,后来几次想改名,还曾经正式跟自己的小舅提出过。 陈不柔的舅舅金求真,从小跟着陈处泰闹革命,对小不柔视同己出,甚至超过了对自己儿女的疼爱。 舅舅笑眯眯地说:"你长大就知道了,不能改,等懂事后我会讲给你听。"

陈不柔眨着一双天真无邪的大眼睛,懵懂地看着舅舅。 名字不改也罢,为什么还要等长大才能知道原因呢?

陈处泰的良苦用心,随着光阴的推移,终于被女儿逐渐理解和接受了。 这个名字,对陈不柔一生都有着非常重要的心理暗示,特别是对于她的性格和精神塑造,曾经起着决定性的影响。

1937年,中国的上空阴云密布。

7月7日夜,日军向卢沟桥一带中国军队开火,中国守军第二十九军予以还击。 全面抗日战争开始,史称"七七事变"。 次日,中共中央发出《中国共产党为日军进攻卢沟桥通电》,号召全国军民团结起来,共同抵抗日本侵略者。

与此同时,一曲《松花江上》,一夜之间传遍了大江南北。

我的家在东北松花江上,
那里有森林煤矿,
还有那满山遍野的大豆高粱。
我的家在东北松花江上,
那里有我的同胞,
还有那衰老的爹娘。
九一八,九一八,
从那个悲惨的时候,
九一八,九一八,

从那个悲惨的时候，
脱离了我的家乡，
抛弃了那无尽的宝藏。
流浪，流浪，
……

这首歌被誉为"流亡三部曲"之一，是作曲家张寒晖1936年因目睹东北军和东北人民流亡惨状而创作的一首抗日歌曲。它唱出了"九一八事变"后东北民众与其他中国人民的悲愤情怀，将大好河山一片凋敝、百姓背井离乡的愁苦之情表现到了极致，一俟唱起，犹如岩浆在人们心头奔突着，只待寻找突破口。

北平、天津相继沦陷。整个抗战局势波诡云谲。日军的枪炮在古老的大地上日复一日地肆虐着。轰炸，轰炸，伴随着一声声巨响，硝烟弥漫，逃难的人流拥塞着村镇城乡的每一条道路和街巷。城池不守，战败的消息不断传来……愤怒的情绪在人们心中郁结着，回旋着，一触即发。

1937年8月，淞沪会战全面爆发。同月，由麦新填词作曲的《大刀进行曲——献给二十九军大刀队》问世。此曲是为歌颂当时在长城附近用刀斩杀日军的国民革命军第二十九军"大刀队"而作。

大刀向鬼子们的头上砍去！
全国武装的弟兄们！
抗战的一天来到了，
抗战的一天来到了！
前面有东北的义勇军，
后面有全国的老百姓，
咱们军民团结勇敢前进，
看准那敌人，

把他消灭，把他消灭！冲啊！

大刀向鬼子们的头上砍去。杀！

大刀向鬼子们的头上砍去！

长城内外，无数民众面对入侵者的怒吼，与浩浩松花江痛苦的呻吟相交织。从南到北，掀起了全民抗战的滚滚巨浪。

12月13日，南京沦陷。日军攻入南京城，开始了长达六个星期的"南京大屠杀"，在整个大屠杀期间，30万以上同胞被杀害，南京城三分之一的建筑被毁……

这一年，二十七岁的青年革命者陈处泰命殒雨花台，为他自己所信仰并为之奋斗的共产主义事业画上了悲壮的句号。

上海纱厂女工金书，其时带着一双儿女，一个五岁，一个三岁半，就像汪洋中的一条船，颠簸飘摇，孤苦伶丁，随时有可能被革命的巨浪吞噬。丈夫两年音讯全无，未知生死。对于这个不识字的女人来说，处境的凶险可想而知。在中共地下组织的帮助下，为了躲避敌人搜捕，她几次带着母亲、弟弟还有两个孩子，分别装扮成不同的身份，转移到安全区域。后来几经辗转回到家乡宝应，孩子们被安置在镇上的孔庙小学读书。

这时候，日军的步伐越来越近，宝应也被敌人占领了。一家人时常被迫四处逃难。金书拽着两个孩子，不得不往乡下跑。但孩子们都很年幼，哪里跑得动啊！走不过几里地，便又累又饿，瘫倒在路边上。幸亏同路逃难的一位农民，觉得孤儿寡母太可怜，就把他们带到家里，并腾出一间屋子让他们暂时住下。金书就在乡下帮人干活以维持生计。

半年后，金书回宝应城里打探情况，发现日军已经将家中的老宅子占据了。

她担心两个孩子出事，白天出去干活，就将他们锁在边屋里。姐弟俩透过窗子的缝隙，看到日军大摇大摆地进出，幼小的心灵里充满了无限的愤懑和恐惧。

陈处泰给一双儿女取名所产生的心理效应,很快显现出来。

陈不柔个性倔强,有着天不怕地不怕的男孩性格。跟母亲回到家乡后,只见日本人已经占领了宝应,家里两间房子也被占了一间。那些日军颐指气使。他们早出晚归,在院子里将逮来的鸡鸭剥皮烤了吃,残肢剩爪到处乱扔,弄得遍地污水横流。陈不柔看在眼里,气在心里,小小的年纪就阅尽了弱肉强食的人间不平。

1939年,日本人开始强制推行文化殖民政策。扬州古镇宝应的学校普遍改教日语,并硬性推广日本礼仪。

这一年,小女孩陈不柔已经八岁了。这个年龄所看到的世界,本来应该是色彩斑斓、充满了童年梦幻的。但映入陈不柔眼帘的,却是每天飞机在脑袋上空的穿梭与轰鸣,以及人们四处奔逃的纷乱景象;是大人们惊惶、愁苦的眼神,还有日本人的任意胡为。那些陌生而奇怪的日本话让她感到尤其别扭。身为中国人,为什么要讲这样的话?特别是在日本人面前,还得表现出一躬到底、唯唯诺诺的样子。所有这一切,都让这个幼小的孩子感到困惑。她开始本能地逃学,时常和小伙伴们在胡天野地里游荡。读书耽误了,回家自然要被妈妈骂一顿。

在宝应,陈家是个大家族。长孙陈处泰不守家训,本来发奋读书以光宗耀祖,却因在外面闹学潮被开除,军警一直追到老家逮人。这在祖辈崇尚书香的陈家,宛若掀起了一股惊天巨澜。眼下,长孙远在沪上,生死未卜,媳妇却拖带着一双儿女回来了,这使陈家本来就很拮据的日子更加雪上加霜。谋生作为一桩头等大事,随后摆在了金书这位传统长孙媳妇的面前。她惊惶地看着孩子不安静地坐在学校里读书,却整天蓬头垢面地跑到外面,心中自是五味杂陈。

那个年月,老百姓进出城门都需要一张"良民证"。八岁女孩陈不柔个性叛逆,跟母亲逃难的时候,目睹了中国人过关时被随意殴打的场景。当时,进出城门的盘查都很严格,举凡普通老百姓,挑担

120

的、卖粮的、赶脚的,都要被逐一搜身。 若是动作稍有迟缓,轻则叱骂,重则不分青红皂白,抡起棍棒一顿暴打。 挑菜担子、水果篮子时常被刺刀捅得七零八落。 小不柔看在眼里,夜里经常会从梦魇中惊醒;加上母亲没有时间管束,她顽劣的天性宛如野火一般,很快蓬蓬勃勃地生长起来。

时隔不久,她就做出了在长辈们看来令人惊骇的举动。

陈不柔跑到城外野地里捡了一个骷髅头,藏在棉布旗袍的夹层中,然后悄悄溜到日语老师正在上课的教室里,从窗户外面丢了进去,教室内当即一片哗然! 跳脚叫骂的,钻桌底的,漫无目的到处乱跑的,喧闹声差点将房屋的天花板顶开。

我们无法想象,一个形单影只的小女孩,是如何摸到乱坟岗子上,抱起死人头盖骨;她是如何将骷髅头带进城,又如何将它抛扔到教室里的。 其间的每一道环节,都有无数的惊险、忐忑与仇恨交织,无论如何揣着小心,都会面临着巨大的恐惧深渊。 也许,孩子并没有想那么多,也许只是生命本能的驱使。 儿童的心地是善良的,浑如一张白纸,得到爱方能回馈爱,而在战乱和杀戮下,对于生命被荼毒的世界,他们只会牙眼相还。

日语老师奉命在全班进行排查。 小女孩陈不柔看着上面来人在那里忙活,既不开口,也不承认。 老师无计可施,最后举凡日语说得不顺溜、平时不服调教以及有反抗情绪的学生,都被拽到黑板跟前,用竹板使劲打手背。"噼噼啪啪"的声音,带着瘆人的动静,不断起落着。 有的孩子忍不住哭叫起来。 陈不柔自然也在训诫之列。 但她机敏伶俐,小小的年纪,已经有了应对乱局的镇定。

校方折腾一通,没有查出任何头绪,最后只好不了了之。

陈不柔的外公家是开典当行的,母亲金书成年以后家道已经衰败了。 此前,家里专门请了私塾先生教几个舅舅念书。 那个年月男尊女卑,女子根本没有读书的权利。 母亲金书就趁做家务的间隙,躲在门外偷听。 她后来去上海找陈处泰,虽然不懂什么是共产主义,但知道他开书店、搞情报，都是在做为老百姓好的事情。所以她后来才会反复跟儿女们讲，他们的父亲为什么给兄妹俩起这样的名字……

陈处泰的祖父陈务人曾经做过地方上的领考官，相当于现在教育局的送考老师。当年乡县省三级考试，通过乡试后到上面考，需要有人引领。陈务人用来谋生的，就是这样一份差事。

陈务人老先生一生钟情于荷莲。赏荷，画荷，以遨游丹青为志趣。没想到，长孙人生之路的两次转折都与他的画技有关。一次是陈处泰的婚事，应长孙要求泼墨荷莲图四幅，以庆喜乐；二是陈处泰参加革命被拘捕，为了营救长孙，陈务人又画了墨荷图急送过去，费尽了周折，军警们才撤去。两次送荷图，一为合璧，一为活命，意义大不相同。乱世风云之中，想必老人已阅尽世间沧桑。

陈处泰的妻子金书带着年幼的孩子回到老家宝应后，几经辗转，跟弟弟金求真接上了头。经由他，金书开始渐渐跟宝应的地下组织有了联系。此后，她便经常跟着运盐船帮助苏北解放区捎带药品，以此领取补贴维持生计。

当年，往来苏北抗日根据地非常危险，都是夜里行船。有时候碰到风大浪急，随时都有翻船的可能。因为怕敌人搜查，金书时常将药品贴身裹在腰里，躲在船舱底下，每次都是提心吊胆的。但她很机敏，也很细心，从来没有失过手。

芦荡萧瑟，苇花满天。一艘艘私盐船在暗夜中穿行着。它们周旋于苏北江南的各条沟渠之间，往来穿梭，并捎带着将诸多紧俏物资南货北运。那个年代盐铁专营，干这路生意，是要随时冒着陷入牢狱之灾抑或杀头的危险的。那是男人们谋生的场域，金书作为一名女性穿行其中，其间披星戴月之苦，自不待言。

时值战乱年代，日、蒋、汪关系错综复杂。各路军警的耳目就像狼犬一般，密布城乡大大小小的河网沟汊。金书所参与的这种铤而走险的举动，随时都有可能被一声断喝，带来灾难。

果然，时隔不久，日本人就通过内线知道了这件事。在一次突击搜查中，金书和一大批运盐贩子都被抓去关了起来。

消息传回宝应，再度引起了轩然大波。

那些年，陈家长孙在外闹革命，已经被当地人视为洪水猛兽，而且很久下落不明。 如今长孙媳妇也不安分，又和那些共产党人搅在一起，眼下身陷囹圄。 这还了得！ 家族上下，顿时一片愁云惨雾，失去了昔日的安宁。 小女孩陈不柔，其时正穿着一件母亲不久前为她新做的棉布袍，在外面疯玩，哪里晓得妈妈被抓的消息。 回家后看到大人的脸都阴沉沉的，很快察觉出了某种不同寻常，但又不敢详细过问。 她还小，弄不懂的事情太多了。

过了一段时间，尽管通过中共地下组织从中疏通，人终于被保释出来了，但在封建礼教浓厚、一向视耕读传家为命脉的陈家，迫于现实的压力，族人已经无法容忍这样的事情。

陈处泰依然杳无音讯，妻子金书却没能再踏进陈家的大门。 孩子是不许带走的，因为是陈家的血脉；更何况，陈不让是陈家最大的重孙子。 在老画师陈务人看来，大孙媳妇闯祸了，能托人保出来就已经仁至义尽了，从今以后，不许她再跟解放区有任何联系。

金书只好孤身一人离去，朔风酷寒，正是冬天最冷的时候。

15. 新　生

1942 年底，正是中国抗战局势波诡云谲，整个形势和走向尚不明朗的时候。 举世震惊的河南大饥荒就发生在这一年。 是年大旱，河南等地夏秋两季绝收。 之后又发生蝗灾，饥荒遍及全省 110 个县，沿途饿死、病死、扒火车挤踩摔轧和遭遇日军轰炸而死者无数，饿殍遍野……逃难的人流首尾不见，在中原地区蠕动着。 人们流离失所，前路茫茫，不知所终。 古老的中国大地一片风雨飘摇。

大革命时代的风云际会，将中国无数的普通家庭抛到命运的潮头上。 每一次波浪翻动，都会带来无尽的余波震荡，它搅乱了中国民间传统的生存秩序。 新与旧、去与留、保守与激进，彼此缠斗着，和诸多的家国恩怨纠结到一起，演绎出那个时代的民间众生相。

这一年，江苏扬州宝应书香门第陈家的长孙媳妇金书，无奈之下撇下一双儿女，独自踏上漂泊之途。其情其状，甚为凄怆。

如今，陈处泰的妻子金书老人，多年前就已经离开人世了，享寿九十多岁。陈处泰的女儿陈不柔，也已近九十岁。直到现在，在自身历经了种种人生磨难之后，陈不柔老人才深切地体会到母亲当年之苦。

弟弟陈不让作为封建大家族的重孙，在母亲离开后，被曾祖父带在身边，倍受宠爱。陈务人决意在小不让身上努力，重新延续家族梦想。他对陈不让，平时按照严格的宗法伦理进行训诫，再施之以诗书礼仪的教育，对孩子悉心规囿。小不柔则在二叔家生活，平日里做些家务，照顾弟弟。妈妈去了哪里？很长时间里，在姐弟俩心中形成一个很深的谜团。

夜晚，寒星在天。两个孩子都是初谙世事的年龄，自然十分想念母亲。回顾过往的日子，母亲的呵护总是像空气一般萦绕在生活的每个细节里。一年四季，妈妈的声音钟摆似的准时在耳边回响着："孩子，吃饭了。""孩子，天冷了，别忘了把手套戴上。""孩子，作业做完了吧。""孩子……"举目张望，妈妈在哪里？夜晚醒来，只有冰冷的四壁。隆冬时节，寒夜的风在外面击打着窗棂，一下一下，仿佛随时准备破窗而入……姐弟俩只好紧紧抱在一起相互取暖，将所有能穿的衣服都套在身上，依然止不住寒风的侵袭。

父母去向不明，对于这对年幼的孩子来说，无异于天塌了，遮雨的屋檐从此没了。而眼前所发生的一切，姐弟俩既不知道原因，又根本无从打听。

很久以后，陈不柔才知道，原来母亲金书到苏北抗日根据地去了。

如果沿着金书这位普通传统女性的命运脉络捋一下，我们会发现，这同样是大革命时代一个特殊女性的范本。她既不等同于革命新女性，又不是完全闭门不出的旧式传统小媳妇。就是这样一位民间普通女子，她的命运却跟风起云涌的大革命联结到一起。此后犹如雾中行船，升沉起伏，皆身不由己。这种联系，自然与她的丈夫、青年职业革命者陈处泰有关。现在，陈家既然不再容留，夫妻难见，母子分离，前路茫茫，她又能到哪里去呢？

唯余革命，别无他途。

"后来，淮北解放区的领导投奔到舅舅那里，知道情况后，让母亲通过地下党回来，在淮北工学院附属小学报了名，想让我们到那里去读书。……母亲回来后，没敢直接回老家，而是悄悄到孔庙小学找我。让我放心去上学，但不要跟家里人讲。哪里敢走啊……父亲失踪，就是因为闹革命嘛……加上后来母亲被赶走后的凄楚……我不去，弟弟自然也不敢去的。由于顾虑太多，失掉了这个机会……"陈不柔回忆道。

革命，拯救了被迫离家抛子的传统女子金书。她还想以此来找回自己的孩子。她想把孩子们接回身边，从此不再受分离之苦；她不想让他们再过旧式的生活。尽管不识字，但直觉告诉她，孩子们必须上新式学堂，那里有打开新世界大门的钥匙。打开那扇门，一切都是全新的世界。他们应该在那里接受新式教育，并长大成人，才会有出息。这是天底下所有具有舐犊之情的母亲对孩子的期望，也是母亲的本能。

十一岁的陈不柔，其时正坐在旧式学堂里，操着稚嫩的声音，诵读着四书五经。她身材瘦弱，年纪尚幼。很久以来，由于父母不知道去了哪里，她只能跟同样瘦小的弟弟相依为命。从心理上说，爷爷的家，自然就是他们的生活庇护之所。这个大眼睛女孩，并不知道她此后的人生道路，是像所有传统家族的女子一样，学做针工女红，然后嫁人，然后过三从四德、相夫教子的生活。那是几千年中国旧式妇女的命运轨迹。所以，尽管母亲满脸都是期待的神情，可当她伸出手，想抱一抱久未见面的孩子时，小不柔却胆怯地朝后退了几步，然后用疑惑的目光打量着她，打量着这个看上去既熟悉又陌生的女人。

几年不见，妈妈的模样变老了。她显得很疲惫，身上的衣服也很单薄。这个衣着简朴的女人，是母亲，却又不像过去的母亲。她看上去神情有些慌怵，不时盯着左右，好像在看有没有人跟踪……母亲只是用简短的语言让小不柔跟她走，说要换一个地方上学。她把声音压得很低，有些急促，语调里有种说不出的紧张。

陈不柔迟疑地摇了摇头。她在潜意识里，甚至不想再见到母亲，这个给了她生命，却又中途离去的女人。她觉得这个她曾经喊过妈妈的女人，好像保护不了她；而她身后，却有无数双眼睛在盯着。接下去，她跟弟弟的日子将会更加难过，有更多的未知。旧社会封建世俗的力量，以及由此形成的桎梏，足以让她心生恐惧。现在，她瞪着一双惊悸的大眼睛，只盼着妈妈快些离开。

母女俩僵持不下，最后，金书只好伤心地走了。一如早先离家出走时那样。

……

1945年，日本投降。宝应解放了。

当年的少年金求真，已经成长为一位坚定、干练的职业革命者。其时的身份，是宝应县武委会主任。中共全面接管了地方政权。金求真帮助姐姐金书申请了遗属补助，并让两个孩子重新回到学堂。

直到此时，金书才知道丈夫已经不在世间了。她强忍着悲痛，第一时间跑去找自己的孩子。母子母女重逢，百感交集！

此后很长的时间里，对于陈处泰的死讯，金书始终对孩子们守口如瓶。她不想让孩子们过早背上失去父亲的心理负担。"爸爸去了哪里？"有时放学以后，姐弟俩会瞪着疑惑的眼睛问妈妈。那是一道天问，没有人能够回答。金书同样不能。她手脚不闲地忙碌着，随口应道："去上海了。""爸爸怎么始终在上海？什么时候回来看我们？"弟弟说，"人家都有爸爸……"金书的眼泪便再也忍不住，不由自主地流了下来。"孩子，你爸爸在外干大事，在帮着许许多多的人干大事。

你们好好读书吧，等认识的字多了，就带你们去找爸爸……"

姐弟俩懵懵懂懂地点了点头，又摇摇头，然后就埋头念书去了。

对于他们来说，爸爸的形象一直是陌生的，只停留在母亲夜晚的讲述里。许多时候，一弯剪月挂在槐树梢上，或者夏夜陡起的风雨，一下一下击打着窗棂。这时，母亲温柔的、略带梦呓的声音，就会絮絮地在耳边响起来。在那些讲述中，爸爸陈处泰时隐时现，变幻着各种不同的形象。那个形象随着光阴的流逝，时而清晰，时而模糊，直到睡意蒙眬，又从幻梦中远远地遁去了。

时隔不久，姐弟俩分别被送到宝应县中学读书。坐在洒满阳光的教室里，他们如饥似渴地学习着，恍惚中，竟一时不敢相信是真的。金书依然每天在外面忙碌。丈夫陈处泰不在人世了，她能做的，就是将两个孩子尽快抚养成人。金书识字不多，却对时局有着天然的敏感。她知道时代已经变了，不能让孩子再回到原有的生活状态。陈处泰是为革命而牺牲的，他的孩子，也必须走革命的路。尽管那条路充满凶险和崎岖，但沿着它一直走下去，总会看到新的希望。

这期间，还发生了一个小插曲。当时，陈不柔的二舅在民政厅办公室当秘书。一次偶然跟副厅长刘丹聊到宝应的陈处泰。刘丹当年和陈处泰一起出来参加革命，两人关系非常密切。他身边没有子女，就问金家有什么困难，想把姐弟俩都带到抗大附中去念书。金书经过反复考虑，答应只许带走一个。于是，陈不柔就到抗大附中读书去了。

解放战争爆发后，全国局势骤然紧张起来，金书怕孩子不在身边有闪失，又坚决将女儿领了回来……

1947年，十五岁的陈不柔和不到十四岁的陈不让双双入伍。

当一对娃娃兵身穿宽大的军装，蹦蹦跳跳地跑到母亲跟前时，这位曾经的纱厂女工简直都认不出来了！女儿的辫子变成了一头乌油油的短发，衬着一双会说话的大眼睛，说不出的灵秀。儿子也变得英武了。一对在颠沛流离中长大的孩子，一对在四五岁就失去父亲的孩子，现在终于进入了革命的大家庭，多好啊！ 这是再好不过的归宿了！ 如果陈处泰还活着，能看到两个孩子现在的模样，一定会高兴地将他们一左一右搂在怀里，然后抱着他们跳起来。 一想到这些，这个曾经无数次在青灯孤影的深夜倚门遥望、期盼着丈夫突然归来的女人，这个在苏北解放区的盐运船上风餐露宿、往来穿梭的女人，这个已经学会自我饮泣、风雨无惧的女人，忍不住流泪了。

在有关资料中，有一张陈不柔姐弟俩参军后的合影。 姐姐揽着弟弟的肩膀，短发及耳，秀美、清纯。 弟弟的眉宇间则更多了几分英气，依稀可以看出父亲当年的样貌。 一个男人的坚毅，陈氏家族基因的承传，生命个体的历史定格，就这样在某个瞬间，用黑白胶片的形式固定下来。 这时候，没有比走到革命队伍的行列中，和大家一起走向光明的新中国更有意义的事情了。

而且，这难道不是父亲陈处泰最希望看到的吗？

此后数年，姐弟俩跟随部队在战争中浴火成长，携手度过了难忘的青春岁月。 他们随部队行军打仗，白天搞宣传鼓动，晚上宿营在老百姓堂屋里。 姐弟俩睡在大通铺的中间，成为文工团男女兵的分界线。 作为文工团的一对"红小鬼"，他们时常双双登台表演，演《王二小》《兄妹开荒》《白毛女》，深得战友们喜爱。 弟弟陈不让性格有些内向，后来分到道具组，姐弟俩合作演出的机会就少了。 但人们都知道他俩，有时候下去演出，大戏一开台，观众还是习惯性地满场子寻找那对姐弟，对他们过去演过的一些段子，始终津津乐道。

百万大军渡江之际，文工团投排《李闯王进京》大戏，姐弟俩都分在舞台组。 搭台时，弟弟因早年生产时脑部受过伤，突然口吐白沫倒在地上，组织上立即将他送到后方医院及时救治，直到完全康复。

姐姐陈不柔，则在隆隆炮火中参加了大军渡江战役，目睹了千舟竞发的壮观景象。

陈不柔、陈不让姐弟俩的另一张合影，时间是在20世纪80年代。

照片的背景,是雨花台烈士纪念馆的英烈事迹展厅前。当年的一对芳华少年,那时都已经是满头银发的老人了。画面上,弟弟陈不让身着西装,羊毛衫领口露出素白的衬衣;姐姐陈不柔穿着花色的羊毛外套,颈上围着真丝围巾。他们的脸上,已经褪去了花样年华的青涩,代之以淡定与沧桑。他们的表情都很肃穆,是沉浸,是缅怀,更多的还是饱经世事的淡定。

他们的身后,是挂在墙上的陈处泰像。陈处泰西装革履、鼻直口方,一副民国时期青年才俊的模样,远比他的一双子女要年轻、俊朗。两代人目光相对,姐弟俩感慨万端,再度涕泪长流。这时候的泪,更多的是过尽千帆之后的欣慰与释怀了。

陈处泰的肖像下,有着中英两种语言的英烈事迹简介,下缀八个大字——"坚强不屈,浩气长存"。

16. 同　途

20世纪30年代,一位名唤陈处泰的年轻人,为了抵抗传统封建礼教的旧式婚姻毅然出走。他并没想到从此一别,便纵身跳入大革命的滔滔洪流。更没有想到,他这位出身于宝应书香之家的长房长孙的举动,竟然带动了家族的一大批后来者,前赴后继,陆续走上了革命的道路。这里面有他的妹妹陈处舒、二弟陈处常、弟媳妇张铭英、三弟陈处丰、四弟陈处坦、妻弟金求真……为了追梦,为了旧中国的亿万同胞能脱离苦海,他们追寻着陈处泰的信仰履痕,用浴血芳华写就了一曲曲战火青春之歌。又宛若推开了一幅长长的历史卷轴,家国情怀、家族变迁与时代风云交织,共同构成了一个江淮旧式家族波澜壮阔的画卷。而这其中,新旧理念的对峙、交锋,此消彼长,尽皆被大革命的滔天巨浪所裹挟,最后奔流直泻,向着光明的彼岸汹涌而去。

是的,这种人类趋光的生命原动力,没有任何力量能够阻挡。

延安,是当时全国瞩目的红色圣都。宝塔山、延河水,曾经召唤着无数中华儿女千里迢迢、跋山涉水地奔向那里。延安,在许多人心目中，是引领未来中国革命方向的圣地。由此，去延安也成为众多有志青年的追梦之旅。

陈处泰的妹妹陈处舒，早年受哥哥影响，只身投奔延安参加革命。二弟陈处常，本来是要跟妹妹一起去的，但因为妻子临产，只好中途分手。他将所有的路费都留给了妹妹，让她去找八路军办事处。

1938年，十九岁的陈处舒尚未出过远门。但为了实现自己的理想，她告别了亲人，不畏艰难，踏上了革命的征程。当年兄妹俩通信时，身在上海的哥哥陈处泰曾经指出，只有走苏联的道路，中国妇女才能得到解放。这对于成长中的妹妹深有启发。陈处舒和哥哥陈处泰一样，承传了陈氏家族的某种气质。这种气质，在陈氏后裔的身上，都有着不同程度的体现。我们可以将其诠释为韧性，即不服输，百折不回，举凡认准的目标，就会决绝地走下去。

一路上，陈处舒披星戴月，历尽艰辛。1938年8月底，她考入中国共产党领导的陕北公学学习，参加了革命。同年11月入党。1939年1月，她从陕北公学毕业后，被分配到八路军军医学校（其前身为1931年11月20日在江西瑞金创办的中国工农红军军医学校），考取了医生班。在校期间，除学习医学知识，她还积极参加农业生产劳动，曾被评为劳动模范，为在困难的条件下改善生活、战胜敌人的封锁贡献了力量。1940年3月，卫校奉命迁移到延安柳树店，同年9月改名为"中国医科大学"。在迁移中，陈处舒被同学们推选打前站；到达后，积极从事学习、劳动和建校等工作。1941年8月，她从医大毕业后，被分配到八路军总卫生部门诊部做医生，曾经受到领导和同志们的多次表扬，其事迹还登过报。

1944年6月，陈处舒与延安中央党校学员、中共七大代表李之琏结为伉俪。中华人民共和国成立后，她曾任交通部长江航务局卫生处处长兼职工总医院院长、新疆生产建设兵团医学专科学校副校长等职。

陈处泰的妹夫李之琏，河北蠡县人。1913年出生，1930年考入北平大学法商学院高中部，1932年加入"左联"，1933年入党。曾任"左联"北平分盟委员，后任八路军晋察冀军区政治部民运部长，兼任晋察冀军区直属部队政治部主任和党总支部书记。1939年当选七大代表。中华人民共和国成立后，历任中南局组织部副部长、中宣部秘书长等职。1956年当选八大代表。党的十一届三中全会后，当选中纪委委员，任中纪委副秘书长兼办公厅主任，在党的十二大当选中纪委常委。

在陈处泰终于被认定为烈士后，陈处舒夫妇亲笔撰写了一副挽联，表达心中的敬仰之情：

悼念吾兄处泰烈士

爱国保民笃信马列，斗顽敌奋不顾身；
为党忘我坚贞不屈，遭惨杀虽死犹荣。

之琏 处舒敬挽
一九八五年十一月

2010年12月，在陈处泰烈士百年诞辰之际，妹妹陈处舒再次伏案执笔，抒发了对于兄长的缅怀及感佩。

纪念陈处泰烈士百年诞辰
——重温《陈处泰烈士传》感赋

兄长自幼勤学好，助人为乐品德高；
胸怀理想求真理，立志革命不动摇；
时逢白色恐怖中，英勇无畏抗强暴；
如饥似渴学马列，菱湖公园誓言高。
安大校园闹学潮，出面与蒋讨公道；

学潮被压遭通缉,所幸撤离把党找。
法政学院伏书案,从事工运入"社联";
开办书店和印厂,宣传抗日作贡献。
"文总"书记工作忙,分管"四联"有良方;
培养人才尽心力,建议"统战"有主张。
叛徒出卖遭不幸,酷刑腿断更坚定;
保护同志口如瓶,视死如归扬英名。
慷慨就义花正茂,光照青史贯长虹;
浩气长存世人仰,永世不忘座右铭!

2010 年 12 月 7 日

陈处泰的二弟陈处常,带着妻子返回大后方以后,即使是在生存线上挣扎的日子里,也始终没有丢掉对于革命的向往和追求。他参加过陶行知的山海工学团,后来成为"教联"盟员,还参加过上海救国会,开展救亡活动。

三年后,陈处常终于重新跟组织接上头,参加了地方游击队。在家乡宝应,他组织救亡剧团,编辑《每日战讯》;帮助新四军搞后勤印刷,印制进步书籍、传单或者重要文件。打字机就是用木船从自己家里带过去的。那时候的陈处常,和所有革命时代的年轻人一样,浑身像有使不完的力气……这是发生在 20 世纪三四十年代的事。在跟随苏北根据地新四军辗转奔波的过程中,由于风餐露宿,陈处常落下了慢性病。

陈处常体格魁梧,说起话来风趣幽默。新中国成立后曾在扬州市水利局工作,是单位有名的笔杆子科长。时值中华人民共和国刚成立,他特别兴奋,嘴巴里整天哼着京剧,走路就像是脚底下踩了弹簧。后来,因在政治运动中无辜受到冲击,他于 1959 年回到原籍,四十九岁时就病逝了。

1963 年，陈处常的早早离世，将另一位革命新女性——他的妻子张铭英推到了人生舞台的最前沿。

张铭英是独生女。家里原本是开小店铺的，日子还算殷实。堂房过继来的哥哥张铁生，在继承父母家产后，将其中一部分变卖做了学费，然后到德国柏林大学读书去了。他后来精通五国语言，是柏林大学的哲学博士，新中国成立后曾任北京亚非研究所司长。临行前，张铁生将妹妹托付给宝应同乡、表兄华皖，即华克之。在华克之的资助下，张铭英完成了金陵女子高中的学业，也由此认识了陈处泰，参加了"社联"外围的妇女学习小组。这时，她结识了陈处常。她原本想拉陈处常一起参加"晨光社"，后来听从表兄的劝告，去了扬州一家实验小学当老师。因为刺汪案的牵连，她也曾经被抓去坐牢，但囚禁了十天后又被释放了。后来，她得知陈处常仍在上海，毅然跑去找他。从此二人相濡以沫，携手参加了革命。在解放战争中，张铭英加入了中国共产党。

张铭英是宝应县法院最早的女法官，也是宝应县第一届女工委。她当年身穿列宁装，留一头短发，写一手好字，非常干练。丈夫去世后，她独自拉扯五个孩子，生活的艰苦自不待言，但一切都熬了过来，最终于九十二岁过世。

这是那个年代无数革命新女性的共同形象。她们在革命先行者的引领下走向新的人生目标，一旦冲出旧式家庭的樊篱，便似乎拥有强大的精神能量。这种能量使她们在以后的日子里投身革命，从此再不回头，直至生命的终点。

老三陈处丰，同样怀着一腔报国之志寻找抗日救亡之路。当时抗战的烽火已经燃遍了全国，陈处丰抗敌心切，就近报考了军官训练班。结业后，在国民党军中担任团政训主任。后来因与国民党理念不同，遂卸甲从商。抗战胜利后，1948 年宝应中学复校，他应校长之邀，到宝中教书育人。

四弟陈处坦，1947 年参加地下斗争，1949 年正式入伍，大军渡江后任医院军代表、医学院双肩挑干部。五弟陈处昌，1949年初中毕业后参军入伍，后去中国人民大学学习法律，成为南京大学、汕头大学的法学教授。

20世纪三四十年代，风云际会，大浪淘沙。无数的热血青年就这样在跌宕的时代浪潮中搏击着，以年轻人特有的勇敢与无畏，朝前一路奔去。多少人跌倒在半途，多少人初衷不改，继续向着彼岸进发。这是对光明的向往，也是对未来新世界的渴望。自有人类始，这种求索的本能就代代不绝，生生不息。

在陈处泰家族的革命人物画廊中，还有一个人，必须着重记上一笔，他就是陈处泰的妻弟金求真。

在寻访陈处泰人生履痕的过程中，有一个名字，时常在陈家后人的口中出现，几乎是跟陈处泰有关的每个历史节点上，都有他的身影。而这个形象也随着星移斗转，伴着革命大潮的翻卷、奔流，不断地发生变化。其中的一条主线，就是革命者陈处泰的思想之光，烛照并引领着他一路前行。从早年随姐姐奔赴上海谋生的懵懂男孩，到后来在白区传递情报的机灵少年，再到姐夫陈处泰被捕后转赴苏北抗日根据地的游击战士，年仅弱冠便担任新四军挺纵四队政治处主任，最终成长为一位信仰坚定的革命者，曾任中共泰兴县委和江都县委第一书记……这其间的道路，可谓丰富，可谓漫长。

"金求真……虽已年十七八岁，由于生活困难，先天不足，后天失调，看起来还是个孩子。天生一个"红小鬼"。可他懂得马列主义的原理、国民党的腐败、蒋介石的罪恶。因为这个孩子长相年幼，搞了许多工作，却从未有过一次失手……1936年曾因抗日被捕，也因为他是个孩子，聪明无比，轻易过了这一关。"（华克之《卅年实录》）

原来，晨光社事件后，大批与此相关的人员皆被逮捕。金求真形单影之，顷刻间失去了所有的依靠。他愤懑、迷惑、不解，仿佛一夜之间长大了。这时候，抗日的烽火已经蔓延至全国，在征得母亲的同意后，他毅然去苏北参加了抗日反蒋的游击队。大平原上，一马平川，坦荡如砥，在这样的地势上开展游击战，困难几乎是无法想象的。少年金求真凭着一股青春热血，"欲除烦恼须无我，历尽艰难做好人"，在苏北平原上与敌周旋，大踏步走上了成为一位革命者的荆棘之途。在艰苦的磨砺中，他练就了一手枪法，一身胆量。此后纵横驰骋十多个县的疆场，勇敢杀敌，撒下了无数的革命种子。

金求真身经百战，长期穿梭于枪林弹雨。用华克之的话讲，硬是由一个普通战士打成了一位将军。

"有两个遭遇，培养他成为一位无产阶级坚强的革命战士。（一）贫苦的家庭和旧时代的外国人的工厂恶劣的生活待遇。（二）陈悯子（陈处泰烈士）教育影响，使他在青少年时期就有觉悟。1933年在上海白色恐怖下，就坚定地参加共产党所领导的社会科学家联盟（简称社联），在党的直接领导下，他在工厂中开展工运活动。秘密地组织'工人生活社'进行多次罢工斗争和群众性游行示威。他又时时担任地下党的交通工作……晨光社事件失败，同仁大多被秘密处死，他因未直接参加，遂能留在上海，坚持他的党的地下工作。他一身是胆，在晨光社事件失败以后，未及一月，又在上海参加各界救国会的筹备了。"（华克之《卅年实录》）

1936年夏天，上海抵制日货活动全面爆发。金求真因被叛徒出卖，遭到反动当局的逮捕。在狱中，酷刑并没有让年轻的金求真屈服，反而更加激起了他的革命斗志……1937年11月下旬，上海、苏州失陷后，他从镇江被释放，又一次逃出死神之手。此后，便义无反顾地投身到抗日救亡的滔滔洪流中。

出狱后，金求真辗转来到淮阴，找到原先一起蹲过牢狱的人，以及在上海"社联"共过事的几位同志，共同组织起抗日同盟会。因此，他被在淮阴的国民党省政府视为眼中钉、肉中刺。很快，当局以扰乱治安的名义，对金求真下了通缉令。金求真暂时回到江南，后来参加新四军学习，并担任了大队指导员。1938年8月，年仅二十岁的金求真就担任了新四军挺纵四队政治处主任。

1941年2月，太平洋战争爆发。1942年春，日军开进租界。因为金求真对十里洋场上海的情况很熟，党组织决定将他调回上海。

1946年，国民党派兵向中共解放区大举进攻。金求真被重新调回苏中第一线开展活动，一直到高邮解放。

现在看来，这一切都不是偶然的，而是源于青年革命者陈处泰对他早期红色信仰的影响与引领，并由此开出的花、结出的果。

17. 见 证

陈处泰就义于1937年。而他的烈士认定之路，与牺牲前后的时代波澜相交织，同样一波三折。

1944年，陈处泰的妻弟、一直在苏北抗日根据地打游击的金求真回到家乡宝应，当了武委会主任。这时候，姐姐金书也将孩子带到东乡西安丰、射阳湖一带革命根据地。当年曾经与陈处泰一起在南京陆军监狱坐过牢的陈扬，当时担任地委组织部部长，遂下令给金书母子发了烈属粮。

陈处泰的妻子，正是用那些粮食抚养了两个孩子，并将大革命时代的红色基因灌注到儿女成长的年轮里。

多年以后，当陈不柔姐弟历尽沧桑，终于拿到父亲陈处泰的烈士证件的时候，光阴已经流逝了整整四十六年！

烈士证书是由国家民政部颁发的，落款是1983年11月1日。

那一刻，多年间沉睡在记忆里的形象，曾经锥骨锥心的伤痛、沉郁与挣扎，以及坚守与盼望，仿佛重新浮出了水面。但转瞬间，昔日成长岁月中的心心念念，光阴的流失与磨蚀，无数政治风云的荡涤，似乎又变得云淡风轻了。父亲，曾经给了他们生命；父亲，英年早逝，最终成为家族的一个传说，一段大写的红色传奇。多少的喜怒哀乐，都与父亲息息相关；上学的作业本上，写着父亲为他们起的名字；无论他们走到哪里，总会有人说，"像，长得真像……"他们的脉搏跳动、荣辱沉浮，与父亲有着如此多的联系。父亲，其实从未离开过啊!

在奔腾不息的历史长河中，个体命运的音符，在雄浑的时代乐章里，何其微弱。以至于，陈处泰是否加入过党组织，在党内担任过什么职务，因何种原因被捕，狱中表现如何，何时何地牺牲，都曾经像一个无从梳理的谜团，既无从索骥，亦无法辨析。于是，烈士的身份在长久的岁月里被悬置。

雾霾遮不住阳光。1980年11月14日，江苏省扬州地区行政公署出具公文，正式确认"陈处泰同志为革命烈士"。白纸黑字，全文如下：

江苏省扬州地区行政公署
关于批准陈处泰同志为革命烈士的批复

宝应县革命委员会：

你县一九八〇年七月十九日《关于请求追认陈处泰同志为革命烈士的报告》收悉。

陈处泰同志于一九三四年加入中国共产党，曾任上海社会科学联盟党团成员、书记等职，一九三五年十一月不幸被捕，一九三七年被国民党反动派杀害于南京。根据《革命烈士褒扬条例》第三条的精神，同意批准陈处泰同志为革命烈士。

江苏省扬州地区行政公署

一九八〇年十一月四日

附：关于请求追认陈处泰同志为革命烈士的报告

扬州地区行政公署并报省人民政府：

我县在筹建革命烈士纪念馆时，曾于一九七九年八月收到吴江体委陈不让同志的来信，要求追认他父亲陈处泰同志为革命烈士。此后，又于一九八一年二月收到省委组织部转来胡乔木的信函，指示我们对陈处泰的问题要趁当时他的战友还在的时候调查清楚。根据中央领导同志和省、地委组织部门的指示精神，及其亲属的要求，我们从今年三月开始，即组织专人对陈处泰同志的问题，进行了认真的调查了解。现经调查证实：

陈处泰同志，又名陈悯子（望之）、陈开泰、陈处泰、陈成，男，1910年出生，系江苏省宝应县城镇人。一九二七年在安徽省安庆大学读书，因参加学潮，被敌搜捕，转回宝应。一九二八年在宝应城镇做过一段时间的小学教师，后又因安庆派敌特至宝应追捕，故遂转上海，在上海法政学院政治经济系读书，积极参加反蒋抗日斗争。一九三四年六、七月间，经许涤新同志（现任中国社会科学院副院长兼经济研究所所长）等介绍加入中国共产党，并曾任上海社会科学联盟党团成员、书记，上海左翼文化总同盟主要负责人之一等职。当时与其同在一起工作的有胡乔木、周扬、王翰（现任中央司法部顾问）、李凡夫（现住北京，任安徽省政协副主席）等同志。一九三五年十一月因刺汪案件受牵连，不幸在上海被捕，后转送南京伪宪兵司令部受审。一九三七年七七事变后，被国民党反动派杀害于南京。根据当时同他在一起工作过的王翰、李凡夫、张建良（又名华克之，现在中央直属西苑机关工作）等同志证实，陈处泰同志被捕后，虽遭敌严刑拷打，但坚贞不屈，没有给党组织和其他同志造成任何损失，表现了一个共产党员的崇高品质。

根据一九八〇年四月二十九日国务院常务会议通过的《革命烈士褒扬条例》第三条第四款规定精神，我们认为，陈处泰同志应追认为革命烈士，故特具报告，请求批准，并盼示复。

附：陈处泰同志的调查材料。

宝应县革命委员会
一九八〇年七月十九日

这是一份迟来的荣誉。光阴之河浩荡，沧海可以变成桑田，没有改变的，是亲人和战友那份超越时空的守望。

这是一个当之无愧的称号。陈处泰为这片古老的土地奉献了自己的生命，烈士的称谓，实至名归。

这是一条寻觅、探索并呈现历史本原之路。光阴的尘霾，遮不住勇士的真容。其报国之心拳拳，有雨花台的缤纷山石为证。

不要忘了，那些立于潮头敢于直言的人，那些在血与火的阵营中并肩战斗过的人，那些在陈处泰的影响之下前赴后继走上革命道路的同胞与亲人，那些浴火重生的人……他们的墨迹，他们从心底流淌出来的、至为关键的第一手资料，带着战友的音容笑貌，乃至体温，字字泣血，殊为珍贵。

许多关键的见证材料，在历史的经纬线上，点面连缀，将陈处泰这位直到生命的最后时刻依然浩然正气于世的青年职业革命者肖像，清晰地呈现在世人面前。这里仅撷取三件如下：

胡乔木：致江苏省委组织部的一封信

江苏省委组织部：

一九三五年下半年上海左翼文化总同盟书记陈望之同志，一九三五年十一月被捕，不久即牺牲。他是宝应人，理应列入宝应县烈士馆。但听说宝应县委有关同志因为有人说，陈是由于与当时一个计划刺汪而被破获的反蒋秘密团体有关而被捕的，所以不能算烈士。实际上，他并未参加过那个团体，他是被国民党作为共产党员、"文总"负责人枪杀的，而且那个团体是反蒋的，并不反动。现在他的妹妹陈处舒同志和当时在上海与陈望之同志一同工作的一些老同志（除我外还有周扬、王翰等同志），希望省委组织部能派人会同宝应县委有关同志，趁当时他的战友还在的时候，对这个问题调查清楚后作出妥善处理。我认为这个建议是合理的，我也这样希望，所以写这封信，请予考虑。

敬礼

胡乔木
一九八〇年二月十日

王翰：关于陈处泰同志的材料（摘录）

陈处泰被捕不久以后，发生"一二·九"运动。敌人发觉上海地下党的力量，远远超出他们的估计之上，于是敌人对陈处泰严刑逼供，要他交出党组织。陈处泰同志坚强不屈，据1936年初在南京看到他的人讲，他的两腿已经被打断，还说是没有关系。

陈处泰同志与我共事时间虽不太长，他的高贵品格使我永远难忘。1934年以后，我们在上海失去了上级领导，独立作战，他作为一个领导人，他的贡献良多。特别是1935年夏，第三国际七次代表大会以后，陈处泰同志与"文委"其他同志一同提出解散'文总'另建广泛性群众团体以迎接抗日高潮的建议，以后有了上海各界救国联合会，以及全国各界救国联合会，陈处泰同志大有贡献。可惜他未及亲见。

陈处泰同志以共产党领导人的名义被敌人逮捕，以共产党领导人的名义被敌人杀害，在敌人屠刀的面前，陈处泰同志无限忠贞，坚强不屈，他理应受到永恒的悼念。

1980年5月2日

李凡夫：关于陈开泰的情况反映

1934年至1935年期间，我与陈开泰在社会科学联盟（简称"社联"）共同参加党团活动。当时许涤新同志代表"文委"领导"社联"党团。

"社联"里面分区，我负责沪南区，陈开泰负责沪西区。我们曾经组织过"社联"成员在街头贴标语，搞过飞行集会，办过一些刊物。

经过一段时间，于1935年上面组织"文委"受到破坏，许涤新同志被捕，白色恐怖愈来愈严重。有的人离开上海，有的人出国日本，我和陈开泰在这种情况下坚决把局面维持住，每星期联系。当时我们两人是相互了解、相互信任的。我们根据第三国际出版的"国际通讯"（英文版）来指导工作。一次与陈开泰相约不遇，估计发生情况，搬家不久听说他被捕了。

当时关于他被捕的传说很多，说他参加刺汪的，我很怀疑，陈开泰很坚决，学习过马列主义，共产党不主张搞暗杀，我想他不会搞这种活动。但是当时他为什么被捕，无法弄清楚。

陈开泰被捕后，我们组织没有被破坏，我也没有被捕，这说明他被捕后还是好的。

李凡夫

1979年6月4日

（注：李凡夫系"文革"前安徽省委副书记，后住中央组织部招待所）

调查人：邵鸿泰　茚德明　赵征溶

这三份证明材料，语言平白朴素，没有任何渲染，由于是当年与陈处泰朝夕相处的战友亲笔写出，内容真实可信，弥足珍贵。

他们都是当时的"社联"党团成员，陈处泰是书记，不仅彼此知晓根底，甚至休戚与共、生死相关。他们的话，是最为有力的证据。 新中国成立后，他们不避险恶，秉公直言，使得陈处泰这位长期在历史的雾霾中被遮蔽的青年革命者，其人其面其事终为世人所知。 他们的证明，对于陈处泰后来终于被认定为烈士，起到了非常关键的作用。

华克之，作为当年的知情人，在陈处泰革命生涯的关键节点上，始终坦荡直言，同样呈现了一位风雨砥砺的同道人大写的风骨。

今天回望陈处泰的红色生涯，与华克之可谓双英联袂，在当年写就了一段异彩纷呈的篇章。那是一段难忘的峥嵘岁月。晨兴夜寐，读书、争论、思考，为了信仰的执守殚精竭虑。多少个不眠之夜，他们人在旅途，辗转街巷，一起为未来新中国的诞生呐喊、奔走……他们志趣相投，情同手足，相通的民族忧患意识使他们共同走在一条充满险阻的路上；那种在革命生涯中所形成的默契，已经达到一句话、一个动作、一个眼神便可心领神会的地步。若非亲历，实难体会。应该说，陈处泰的离去，成为华克之走向红色革命阵营不可或缺的催化剂。

1937年春。经过一番长途跋涉，华克之终于到达延安。5月4日下午，毛泽东接见华克之，两人做了深入长谈。他于对刺汪案没有多加分析，只是强调：个人的力量、小集团的力量是推翻不了罪恶的旧社会的。同时，毛泽东还交给华克之另外一项重要的任务，让他仍回华南，作为延安和李济深、陈铭枢、蒋光鼐、蔡廷锴之间的联络人员，协助他们扩大华南民族革命大同盟，坚持抗战到底。

对于华克之来讲，这是一次颇具历史意义的会面。延安的窑洞、煤油灯，夜晚满天的星斗，黄土高坡，沟沟坎坎上跌宕有致的信天游，还有那些头缠白羊肚手巾的放羊老汉，衣着简朴得近乎寒酸的士兵，以及他们眉宇间所洋溢的那种革命乐观主义精神，都给他带来了强烈的心理与视觉冲击，也使他生出从未有过的奇异感受。在他看来，毛泽东，这个传说中红色圣都的掌舵人，举止平易、朴实，穿着与普通士兵没有什么两样。但他身上的某种定力，却让他的心灵产生了巨大的震撼。他隐约觉得，未来中国的希望，也许就寄托在这些人身上。

几天后，华克之带着毛泽东、朱德致李、陈、蒋、蔡的绝密文件南下，开始了他新的人生旅途。1939年，由潘汉年和廖承志作为介绍人，毛泽东亲自批准，华克之加入了中国共产党，成为党在隐蔽战线上的一位阅历超凡的传奇人物。

1998年1月7日，华克之逝世，终年九十六岁。新华社发布他逝世的消息，用的是化名"张建良"。其实，在中国革命史上，华克之这个名字，作为一个地下生死线上的传奇符号，更具有象征意义。

20世纪60年代，华克之在精神上最艰难的时候，曾经强烈地怀念陈处泰，并写下呕心之作《痛悼陈惘子三弟》：

> 中秋过后草渐芜，念念亡友气不舒。
> 三年同室恨见晚，十载偕行喜同途。
> 中统效法黑衣党，军统师承褐衫徒。
> 一致公认是恶汉，独自解嘲学郢都。
> 青松翠柏陈惘子，朔风大雪碧扶疏。
> 高官厚禄耻硕鼠，粗衣淡饭若珍珠。
> 汤烫火烧再电烤，伟大庄严一言无。
> 途穷而后见节义，寒霜之下识松蒲。
> 子女均能承其志，父母应称道不孤。
> 巍巍红旗遍大地，历历吾弟在欢呼。
> 黑头早已羞后死，青史何曾载懦夫。
> 当此江南秋风茂，圣狱追悼情更殊。

这首诗，为陈处泰短暂的革命生涯作了最好的诠释，同时也道出了华克之对同胞英烈无尽的思念、崇敬与感怀之情。

此外，还有刘丹、金求真、何定华，张修、邓洁……这些散落在茫茫人海中的同志，在历史需要拨冗去尘、还原真相的时候，勇敢地站了出来。他们迎风而立，用一句句朴素的话，托举出一颗大写的英烈之魂，同时传递了真、善、美，用良知和行动，彰显人性最温暖的一面。

18. 承 传

烈士的女儿，这是一个不寻常的称谓。父亲陈处泰的红色信念，母亲金书的善良与坚韧，共同在战火中成长的江南小女子陈不柔身上沉淀、发酵，并最终开出了奇异的花。

1949年4月20日晚。江声浩荡，残阳如血。最后沉坠的晚霞将天际映得一片殷红。长江岸边的风浪击打着岩壁，万朵浪花在呼啸声中激溅开来，一波声起，一波声歇，昭示着一个重大时代节点不可遏止的降临。

历史，终将记住这个特殊的日子。

这天晚上，人民解放军按照中央军委的命令，发起了渡江作战。

长江100余公里的江面上，大军登船起渡，次日占领铜陵、繁昌、顺安等地。4月21日，成千上万艘木船，以排山倒海之势，开足动力，冒着敌人的连天炮火，浩浩荡荡，一举横渡长江。此后，部队分东西两翼突进，在炮火的掩护下，击破了国民党军水上障碍，而后突破了江防。

江阴要塞，东进部队与国民党守军遭遇。在中共地下党员唐秉琳等人率领下，7000余人宣布起义。4月22日，渡江部队占领并扩大了滩头阵地。至此，百万大军胜利渡过长江。与此同时，四野先遣兵团占领了黄梅、浠水、汉川，牵制了白崇禧所部，配合第二野战军渡江作战。国民党军鉴于长江防线已全线被突破，于22日下午实行总退却。人民解放军随即发起追击，并于23日解放南京。

南京的解放，标志着国民政府的覆灭，中国人民的民主革命即将取得完全的胜利。

在雨花台相关的档案资料中，我们有幸看到这样一组渡江战役的黑白老照片。

图片一：照片右下角，是三门迫击炮黑黢黢的侧影，炮口指向处，是波光粼粼的长江；江面上林立的船帆，犹如一只只鸥鸟张开的翅膀。那是大战前夕，千舟待发的场面。仿佛一个短暂的静场，稍后，便是雷霆万钧的咆哮……标注：1949年4月20日午夜，人民解放军发起强大的渡江战役,一举摧毁了国民党军的长江防线。

图片二:一挂迎风扯起的风帆,特写,几乎占去了画面的三分之一;一根巨大的水柱凌空而起,浪花向着天幕四溅开来,让人不免联想起一枚炮弹落下的瞬间……甲板上,是手握摇橹的船工在奋力划行着。 如果没有猜错的话,这应该是渡江过程中,船行浪涌,由一名战地记者抓拍的实景图,唯其真实,而更加惊心动魄……标注:百万雄师在长江450公里战线上发起渡江战役。

图片三:大特写,一名战士弓着身子从船上跳下来,踩在一脚宽的搭板上,手持带刺刀的钢枪,就像飞翔中的大鸟,正以俯冲的姿态向着前方猛冲;后面的人,都跟在他身后陆续突进。 背景依然是一道风帆的剪影,它如此巨大,大到几乎占满了整个画面。 而画面之上,那些战士们冲锋中的身体语言,则昭示了无穷的力量……标注:解放军强行登陆,迫向南京。

一张张照片,就是一段段凝固的历史。 一个新生的国家呼之欲出的蓝图,正越来越清晰。 在这里,你不得不佩服现代汉语特有的魅力。 一个"迫"字,将人民解放军强大的攻势,淋漓尽致地显现出来。

"钟山风雨起苍黄,百万雄师过大江。 虎踞龙盘今胜昔,天翻地覆慨而慷。 宜将剩勇追穷寇,不可沽名学霸王。 天若有情天亦老,人间正道是沧桑。"这首闻名遐迩的诗歌,是毛泽东闻讯后欣然写下的一首大气磅礴的《七律·人民解放军占领南京》,字里行间尽展人民行将改天换地的豪迈之情。

渡江,渡江! 那是年仅十七岁的文工团员陈不柔一生的荣耀。

是啊,每个从战争年代走过来的人,每个亲历者,谁不曾留下一堆刻骨铭心的记忆! 人民,在新旧世界分野的临界点上,做出了自己明智的选择。 他们放下手中的农具,从田野里,从山峦中,从磨坊里,从渔猎的舢板上,走出来。 他们拿起了梭镖、刺刀和枪,他们选择和人民解放军站到了一起。 他们用稍显生疏的动作,摇起了橹把,冒着敌人的炮火，风雨无惧地前进、前进！一切皆因他们心中有一个共同的信念，也是那个时代最响亮、最鼓舞人心的口号——打过长江去，解放全中国。

渡江前夕，陈不柔与陈不让姐弟俩手牵着手来到江岸，面朝远处的故乡，一起坐在那里聊了很久。让陈不柔感到惊异的是，弟弟对于父亲的思念，竟然比她更强烈。也许，这就是男孩和女孩的不同吧。在一个人的成长过程中，男孩的成长，更需要父亲给他注入精神钙质。这种源自生命承传的力量，是一个男孩最终成长为男人的不可或缺的动力和源泉。而母亲，在过往有意无意的交谈中，其实早就把这种强大的精神养料浸润到一双儿女的生命肌理中了！

这是一幅多么蕴含深意的时光画卷。

陈处泰的离去，彼时距离渡江战役，已经整整相隔十五年了。十五年后，一双儿女实现了他的心愿，他们站在渡江战役胜利后的彼岸上，憧憬新生国家的未来。冥冥之中，他们一定会感觉到父亲目光的注视和祝福吧。是的，那是父亲的梦，是几代人的梦。父亲，早在儿女尚在襁褓中的时候，早在他们躺在摇篮里咿呀学语的时候，就给他们的生命注入了红色的基因。红色的种子就这样生根，艰难地冒出芽尖……终于，在新世界降临之际，开出花来，结出果来，并和新生国家一起，茁壮成长。

渡江后，部队亟须补充新的兵员。陈不柔作为文化教员，给那些跟自己年龄差不多的新兵上课。渡江一役，在她的革命履历中，成了催化她迅速成熟的转折点。仿佛一夜之间，她变得练达和自信了。她的言行举止，她的人生观、价值观，都在那一刻，有了质的变化。她立志和许多人一起，继续投身新中国建设的滚滚洪流。

中华人民共和国成立后，陈不柔转业到地方，先后在镇江、无锡、苏州、吴江等地的文教单位工作过。

1962年，陈不柔三十岁那年，随上级派的工作组来到吴江一个叫七都的乡镇工作。当时干部们都必须下乡和农民"三同"，即同吃、同住、同劳动。 在农村，身纤体瘦的陈不柔扛着锄头镰刀，和村民们一起忙春种秋播，利用插秧的间隙教唱革命歌曲。 大家都特别喜欢这位面庞圆润的小女子。 她的活泼开朗、直爽、不避脏累，让大家有种天然的亲近感。 乡亲们的感情是朴素的，有人就从家里带来了热乎乎的煮鸡蛋。 陈不柔实在推辞不掉，便坚持照价付了钱。

在七都，陈不柔认识了现在跟她生活在一起的老伴孙阿和。 他们同在一个公社工作，年长月久，慢慢建立了真挚的感情。 后来，两人经组织上批准结了婚。 他们的小家离工作驻地有十几里地，平时离多聚少。 陈不柔的两个孩子依工、依红姐弟俩都是在无锡出生的。 他们是在七八岁的时候，跟妈妈一起到七都生活的。 陈不柔在繁忙的工作之余，督促他们读书认字。 生活上亦不娇惯，平时会让姐弟俩抬着小桶，摇摇晃晃地到太湖边上取水，再回来洗漱。 这种对孩子的严格要求，早早锻炼了他们日后行走于世的意志。

1978 年，陈不柔听从组织安排，调到吴江县七都粮管所，任党支部书记。 刚去的时候，人们看她的目光里，满是疑虑。 但年轻的陈不柔发挥早年在部队做政治工作的优良传统，有的放矢，润物无声，两年后，使支部由"老大难"一跃成为全县粮食系统先进集体。 1981 年，上级又将她调到长期亏损的平望国营面粉厂，任党支部书记。 当时改革开放的号角已经吹响，陈不柔南下北上，带人到苏北采购小麦，扩建新厂房，引进加工流水线，使原有生产能力提升了近十倍，利润率上升到全苏州地区粮食企业第一名。

陈不柔离休时，因为"国营企业经营好、员工福利谋得好"，得到职工和上级领导的交口称赞，被誉为闻名远近的"双枪老太婆"。

曾经，当陈不柔在苏北江南往来穿梭的时候，当她面对诸多看似无法逾越的壕堑的时候，都无数次想到自己的父母。

父亲陈处泰，当年战斗在沪上白色恐怖的最前沿，几乎每天都要面对面地跟敌人周旋，随时都有生命之虞。 父亲害怕过吗？ 还有母亲，时常在芦苇荡里躲避敌人的搜捕，应该比现在艰难好多倍啊！ 她再难，能难得过父母当年吗？ 这种精神上的遥相契合，让她每遇无助，都觉得有一股神奇的意志注入她的身体。 那是力量之源，是与父母的身心感应。 这种心灵上的共鸣与共振，始终鼓励着她一路前行，并最终实现了人生的奋斗目标。

弟弟陈不让后来去了哪里？

中华人民共和国成立伊始，陈不让被保送到上海华东政法大学学习。 毕业后，他同样以满腔热情投入到社会主义建设中。 从普通教师、教育局副局长、体委主任，一直做到吴江县师范学校校长。 他一生秉持父亲陈处泰的精神信仰，以谨严的家风来要求子女。 在长期的职业生涯中，他克勤克俭，两袖清风。 最终积劳成疾，于2004年8月在杭州安然离世。

这是一个意味深长的延续。 当年陈处泰沪上投身革命所报考的上海法政学院，就是华东政法大学的前身。 这里面，隐含着一条漫长的为求强国富民而走的荆棘之路。 两代人殊途同归，给我们带来了太多的联想。

父亲陈处泰的烈士身份被确认后，陈不柔作为英烈女儿，曾经多次被邀请参加由政府各级部门举办的纪念活动。

2008年清明节，在江苏省举办的集体纪念活动上，陈不柔作为烈士亲属代表在大会上发言：

雨花台烈士纪念馆缅怀和凭吊先烈集会发言

（2008年清明）

各位领导、同志们：

我作为烈属的代表，今天能够站在这里，心情十分激动。我的父亲陈处泰，一名我们党的早期党员，英勇就义在南京。他与牺牲在雨花台的数千位英烈一样，为了崇高的革命理想洒尽一腔热血，他与全国无数仁人志士一样，为了争取民族独立和人民解放不屈不挠斗争直至慷慨献身。

正如胡乔木为我父亲，也是为所有革命先烈题词的那样：他们"为革命而生，英名永存；为革命而死，浩气长存"！

我和我的亲人，也代表所有的烈属们，非常感谢江苏省、南京市党委和政府，非常感谢雨花台烈士陵园管理局，在这片浸透英烈鲜血的地方，建成了今天我们所看到的，一个气势宏伟、庄严凝重的纪念场所。它已成为我们寄托对先烈无尽怀念和绵绵哀思的一块圣地，成为激励革命后来人继往开来的一座不朽的丰碑。

今天，我们在这里再次隆重集会，汇聚着无尽的深情缅怀。我想，可以告慰先烈们的是，你们用鲜血和生命换来的新中国，经过三代中央领导集体和全国人民近六十年不懈的探索和建设、全面的改革和开放，已经傲然崛起在世界的东方。在党的十七大精神指引下，各族人民高举中国特色社会主义伟大旗帜，正向着全面建设小康社会的目标奋勇前进。

在这一新的伟大征程中，我感到十分欣慰的是，我的孩子们能以先烈为榜样，自觉为人民服务。孩子们有的为国家安宁立了战功，有的为民族富强归国执教，有的为社会进步默默工作。参加今天的集会，我的心愿就是一定要继承先烈们的精神，将那种炽热的爱国情怀、坚定的理想信念和高尚的道德情操发扬光大，继续谱写好新时期的奋斗之歌、奉献之歌、正气之歌。

烈士精神与天地共存，与日月同辉！

雨花台烈士们永垂不朽！

2010年12月，陈不柔老人携亲属一行参加宝应县纪念陈处泰烈士百年诞辰活动。

2016年10月，八十六岁的陈不柔老人参加南京军区航务军代处革命传统教育活动。在那次活动上，她由次子陈侬侬陪同，与当年部队的9位老同志见了面。最年长的梅林已经九十九岁了，当时是陈不柔所在军分区教导大队的分队长。战友们重逢那一刻，顿时觉得光阴回转，感慨万千！仿佛又回到了战火弥漫的年代。大家情不自禁，一起唱起了《解放军进行曲》。

"向前！向前！向前！我们的队伍向太阳！脚踏着祖国的大地，背负着民族的希望，我们是一支不可战胜的力量。我们是工农的子弟，我们是人民的武装，从无畏惧，绝不屈服，英勇战斗，直到把反动派消灭干净！……向前，向前！向前！向最后的胜利，向全国的解放！"

歌声依旧雄浑、嘹亮，在现场掀起一阵阵热潮。年轻的官兵们为他们的情绪所感染，也纷纷加入了合唱的队伍。

……

陈不柔的四个孩子，分别取名工、农、红、军。意为依靠工农红军，服务社会大众，能够在党和国家的培养下，个个事业有成，成为对社会有用的人。老人是这样希望的，儿女们也是这样做的。他们都有着坚定不移的爱国情怀，工作敬业，奋发有为，真心诚意助人为乐，以宽仁大度和睦友好的品德行走于世。

这是一条漫长的河流。时间跨度八十余年，跨越新旧两个世纪。可是红色基因却一直在家族的血液里奔涌。这是信仰的延续，是革命自有后来人的印证，是花与叶、枝与果的关系，也是一份份英烈后人的答卷。面对这样的答卷，陈处泰烈士在天上的目光，想必是释然、欣慰的吧。

如今，陈不柔老人一家定居吴江，安享晚年，并于2018年荣获第四届苏州市"最美家庭"。

19. 丰　碑

宝应，是一方英雄的沃土，苏中地区著名的革命根据地之一。早在1927年底，革命火种就在这里闪烁。为了冲破黑暗，迎来解放，它在几十年前的革命斗争史中，经历了无数次血与火的严峻考验、光明与黑暗的生死较量。烈士陵园作为这座江淮古镇的爱国主义教育基地，最初建于1976年。 2001年6月，当地人民政府决定易地重建。2002年清明节前正式投入使用。

宝应烈士陵园，详细地记载着红色英烈陈处泰早年革命生涯的艰辛履痕。

新建的陵园，现在位于安宜镇大桥居委会南港组一带，总占地面积60亩。 依次分为纪念瞻仰区、烈士墓区、青少年教育活动区、综合服务区四个功能区。 陵园由革命烈士纪念碑、纪念馆、墓区三部分组成，共展出了108位革命烈士的生平史料和遗物。 此外，陵园共有烈士墓28个，有一个是1176人的合葬墓。

正大门处，一尊纪念碑高高地耸立着，直入一尘不染的天际。 它的整个形态，酷似一把直插云霄的三棱剑，成为整个革命烈士陵园的至高点。

在这个陈列着所有宝应籍英烈事迹的地方，喝着古运河水长大的青年职业革命者陈处泰，有着太多的理由出现在108位"群英谱"之中。

夕阳下，纪念碑恰似一叶白帆。 它由白色的厦门花岩大理石雕饰，高达21米。 这不禁令人想起德沃·夏克的《自新大陆》。 在那个风云际会的年代，多少革命英烈视信仰为生命，筚路蓝缕，不坠理想之帆，甘愿抛头颅洒热血……

整个陵园建筑看上去民族特色鲜明，兼容现代化的风格，在宁静的氛围中彰显出"永恒"的纪念主题。 特别是门前的三人群雕，挺拔、凛然、视死如归。 像所有烈士陵园的艺术雕塑一样，这座群雕将英烈精神高度浓缩、升华，并意象化地镌刻在石头里。 是的，没有比石头更合适的承载之物了。 它是意志的象征物，坚硬、刚毅，纹理天成，永不钝蚀。

纪念馆展厅，一块巨大的展板上，写着如下几行文字：

英雄已逝，丰碑永铸，烈士们为革命和建设英勇献身的光辉形象，将永远活在人民心中，他们的革命精神，将永远激励我们为实现共产主义的伟大理想而英勇奋斗！革命烈士的英名永垂青史！革命烈士的业绩永留人间！

宝应纪念馆展览的内容，和国内大部分英烈纪念院馆一样，共分作四个部分："土地革命战争时期""抗日战争时期""解放战争时期"和"社会主义建设时期"。

"土地革命战争时期"部分，一组大型人物浮雕后面，苍松翠柏环绕，预示着早期革命先驱的高洁风范。文字显示：1927年底，大革命失败后，中国革命暂时转入低潮，革命中心转移到了农村。同年底，宝应出现了党的早期活动。代表人物仅列三位：夏凤山、陈处泰、王守约。并对他们身上所集中体现的早期革命先驱追求真理、不畏强暴的高贵品格做出了公正的评价。

在宝应，在英烈家乡的纪念馆，陈处泰的形象，正高置于墙壁展板之上。

陈处泰（1910—1937）。1928年，他在安徽大学读书时，秘密组织了"马克思主义研究会"。是年11月，安庆地区爆发学潮。此时，蒋介石正在安庆视察，陈处泰被推举为学生代表，与蒋介石进行面对面的斗争，后遭开除学籍、通缉。次年底进入上海法政学院就读，参加了党领导下的左翼社会科学联盟（简称"社联"），并在沪东从事工人运动。"一·二八"淞沪战争爆发后，他设法筹资开办了公道印刷厂，承印《红旗》等秘密刊物。1932年三四月间，他在沪东搞工人运动时，因叛派出卖不幸被捕。反动当局因未掌握切实证据，将其释放。1934年，他加入中国共产党，次年2月任"社联"党团书记。同年11月，他在探望刺汪志士孙凤鸣妻子时突遭敌特搜捕未及脱身。被捕后，敌知他是"共党要员"，对其严刑逼供，他始终坚贞不屈。1937年七七事变后，他被国民党反动派秘密杀害于南京。

这段文字，篇幅不长，但信息量很大，涵盖了一位叫陈处泰的年轻英烈短暂而又辉煌的一生。

墙壁上悬挂的人物影像，看上去额头很宽，眼睛很大，形神若雕，有着那个年代青年革命者特有的神情，即目光中的某种凛然与穿透力。那种气场，是一代思想者智慧之光的集体特征。是质疑，是寻梦，是为了心中的红色信仰，打碎一切不合理禁锢体制的决绝与超然。

展板上，分别陈列着陈处泰各个时期的纪念图片。有他读大学时的安徽大学校门照片，在那里，陈处泰作为学生领袖，曾经当面质询蒋介石，留下不畏强权的佳话；有在上海组织暨南大学读书会时的学校旧址照片；有1932年他在上海开办印刷厂时印制的红色刊物《红旗日报》；有在沪上他作为"社联"的负责人，曾经写下的诸多研究马列理论篇什的影像；还有他的入党介绍人之一、著名经济学家许涤新的旧影，以及他担任"社联""文总""文委"负责人时的名单……

许涤新的秘书卜英敏关于陈处泰情况的电话记录，被原文复制，放在右下角。

展板右上方，非常醒目的地方，悬挂着中共中央书记处原书记胡乔木的题词：

为革命而生，英名永在，为革命而死，浩气长存！
陈处泰烈士千古！

方寸展板，不过数尺，但已经足够了。展板上，撷取了一段当年的学潮亲历者回忆陈处泰参加活动现场的文字。那段描述，能够使人清晰地感受到，这位青年学子初生牛犊不畏强暴的精神。所谓天降大任，不避艰险，方为仁人志士。

整个展览大厅中间，置放着一尊正反双面大型群体浮雕。他们如此雄浑，就像一部交响乐的第四乐章，将所有为红色信仰而献身的主题提炼、升华到高潮。

站在这样的雕塑面前，我们不能不浮想联翩。那究竟是怎样的一代人——他们筚路蓝缕的革命之路，是如何一步步走过来的？作为执守红色信仰的革命者，他们坚硬如铁的精神气质究竟是如何锻造的？他们的信仰之歌，经由怎样的双手，才能谱写出那样的绝代华章……

无名烈士墓（碑）用苏南优质大理石制作而成，正面是"革命烈士永垂不朽"，反面是"英名录"，镶嵌着1118名烈士的英名。

门厅里，这座拥有巨大象征意义的艺术群雕，每一位英烈看上去都很相像。因为，他们都有一个共同的名字——烈士。

后记
英烈故里话当年

这是一座有着两千两百年历史的古镇。

它地处长江三角洲北翼,里下河平原上,北望白马湖,与淮安相毗邻。京杭大运河宛如一条银练,穿邑而过,将县城一分二。这里的民舍高低错落,逐水而建,悠久的历史与现代文明交相辉映。

时值深秋,路两边的梧桐树依然枝叶繁盛。小城不大,一条主干道瘦瘦窄窄,略显狭长、逼仄,沿东西线朝前伸延着。街面上的房屋建筑看上去都很老旧,多数是灰赭色的,依然保留着20世纪六七十年代的典型特征。中间偶尔夹杂着一片新起的小洋楼，使这座江南古镇散发出正处在开发中的、新旧交替的混合气息。

1910年腊月，有一个叫陈处泰的孩子，就出生在宝应古镇贾家巷的陈家老宅里。

时空交错，光阴转瞬流过一个多世纪。眼前的一切看上去，让人觉得既虚幻，又真实。老宅依然保持着民国时期的样貌，只是里面的主人早已换了几茬。有一部分房间已经改作桌球馆和游戏室，门外不时传过叫卖小吃的吆喝声。

登上陈处泰故居的阁楼举目远望，宝应古镇的主脉高低起伏，粉墙青瓦，在夕阳下悄然静卧着。尽管历尽千年风雨的剥蚀，城镇在外观上已经变得气质含混，但内在的人文气蕴却依然存在着。

原宝应县审计局局长陈明，短发，微胖，中性装束，眉宇间透着长期在机关工作的严谨和练达。姐姐陈昭稍年长，烫发，颈上搭着一条色彩鲜艳的长围巾，说话柔声细语。她们是陈处泰二弟的两个女儿。论排行，陈不柔老人是她们的堂姐。二人是专程从上海、宝应老家赶过来，带着我们走访英烈陈处泰故里的。

硕大、空旷的广场上，一片亭台楼阁赫然入目。旁边立着几块残垣断碑，还有新建的碑廊。高高的门楣上，悬挂着一块写有"宝应学宫"字样的牌匾，与对面高大的牌楼相对峙。这里是陈处泰儿时就读的孔庙小学原址。

陈明说，当年闹学潮，伯父陈处泰从安徽大学逃回来躲避军警抓捕，就是藏在路边这间屋子里的。一句简短的介绍，让眼前看似普通的老宅，陡然间又变得神秘且生动起来。旧宅不远处，一条小溪沿着墙根涓涓流淌着。有位衣着简朴的老妪正在水边摘菜。沟渠里的水看起来还算清澈。旁边有一座龟背小桥，仅六蹬石级。桥身、桥墩都雕着十分精致的图纹。

作为陈家的后人，陈明对于家族的大事件，有着惊人的脉络性的认知。她的声音短促而干脆，少有赘语，往往直抵事件本身。特别是对伯父陈处泰、姑夫李之琏、舅舅张铁生这些职业革命者的早期生涯,可谓了然于胸。 从中隐约可以看出,陈处泰早期的革命精神和理念给后辈所带来的一系列影响。 那是一代革命人所烙下的共同印记。

扬州师范学院中文系毕业的才女陈昭,曾经撰写《碧血丹心照汗青——悼伯父陈处泰》一文。 2002 年 5 月 17 日,她随五叔陈处昌、堂姐陈不柔、堂兄陈不让及其他亲属一行 18 人首次聚会于宝应松岗革命烈士陵园,其间制作了英烈传记碟片《浩气长存》。 在纪念馆,当她看到陈处泰的遗像高悬于墙壁之上时,和所有陈家的后人一样,激动、感慨,顿时觉得往事纷至,热泪盈眶⋯⋯

顺着古镇的街巷径直前行,少顷,眼前豁然开朗,有一棵树冠巨大的古槐赫然出现在视野里。 透过枝叶纷披的冠盖,稍远处,一条宽阔的大河横陈在那里,波光粼粼,帆影游弋。

传说中的古运河,竟然就在眼前了。

京杭大运河宝应段,如今已经跻身世界非物质文化遗产名录。 官方编纂的地理志《元丰九域志》记载"宝应有运河",指的就是宝应县的宋泾河。

红色英烈陈处泰,就是在河岸边出生、长大的。 这条河流,曾经滋养过他幼小、羸弱的身体。 他童年的苦读、青年的出走,都是为了他的家乡、他的祖国更富足、更加强大。 今天,当人们终于不再饱受离乱,安居在这片天空下的时候,不知古老运河岸边的百姓人家,是否还记得,当年那位青年革命者所付出的生命祭献?

2017 年 10 月 13 日上午,苏州吴江。

陈不柔老人和她的父亲陈处泰烈士长得很像,都是大眼睛,很重的双眼皮。 鼻眼敦厚,脸庞饱满,不像庸常的江南小女子那样纤巧,但俊秀的眉宇之下,别有一番大气。

按照事前约定,她和老伴已经早早在家里等候到访了。 从屋子里的陈设看上去,老人生活得挺安逸。 无论是屋内的摆设,还是墙上的挂饰，皆颇具生活智慧的匠心，有着江南民间特有的审美和艺术格调。 在老人卧室的床头上方，书橱旁边有一块牌匾，上面写着奋发、坚强、真诚、宽容八个大字。

落款处写着：陈不柔老人与子女共勉。

屋子正中的一张桌子上，摆满了跟英烈有关的资料和纪念证书、渡江胜利纪念章；有国家颁发的老干部离休荣誉证，国防部颁的军队转业干部证；还有一本20世纪50年代初颁发的军人服装证……这时候，有两帧发黄的老照片进入我们的视野。

一张是一位十七岁的文工团员小照。 齐耳短发，丹凤眼，椭圆的瓜子脸，小巧的鼻翼。 这个身穿文工团员制服、佩戴着胸章的小女兵，就是陈不柔。

还有一张，是陈不柔当年跟文工团战友们的合影。 老照片的毛边上，带有一圈精致的花纹，多年后看上去已经磨损、发黄，许多地方都留下了岁月侵蚀的痕迹，但仍旧能看出一双姐弟当年的模样。 是那种标准的娃娃文艺兵。 胸章，齐耳短发，宽大的军衣。 身后的背景，是一排排赫红色的砖房子，树影斑驳，连同久远岁月荡涤的痕迹，无一不呈现出那个年代特有的感觉。 他们脸上的表情活泼、开朗，带着普遍的青涩感。 掩抑不住的，是合影者们扑面而来的、近乎灼人的青春气息。

那是一个人生命最旺盛的英华之光的再现，是在隆隆炮火中的浴血青春，是为了新生国家冒着枪林弹雨匍匐前进的芳华，真正的战火中的芳华。

眼前这位耄耋老人，和画面中的小女兵，就这样重叠为一个人。 陈不柔，是承传着红色英烈陈处泰血脉和生命基因的女儿。 这中间唯一的阻隔，是已经逝去的、那段长达半个多世纪的如水光阴。 她花白的头发、眉宇间的沧桑，如此真切地记录了八十余年里发生了什么。 打开她的话匣子，就等于开启了一段历史记忆的闸门。 那里，有着太多的苦，太多的痛，太多的彷徨和挣扎，太多的光荣与梦想……

此前，在上海左翼作家联盟纪念馆里，我们曾经注意到，陈处泰的名字并没出现在相关展板内容里。随着寻访的逐步深入，始大致厘清"左联"与"社联"的异同。

简言之："左联"出刊物书籍多，"社联"较少；"左联"成员比较活跃，"社联"则学者型的人较多；"左联"有鲁迅、茅盾、瞿秋白这些旗手，"社联"亦有不少著名学者，但缺少上述有影响的人物。以组织而言，"社联"发展平稳，人员不断扩大，持续时间也最长。它的优势和特点，尤其是在"左联"后期，在人自为战的情况下，"左联"组织基本瘫痪，当时，"社联"仍然保持着较好的状态，在"文总"起了很大的作用。当时"文总"的领导由"社联"人员担任，原因是这时左翼文化团体中人数最多的是"社联"，力量最强的也是社联。"（《左翼.上海1934—1936》）

陈处泰，当年是属于上海左翼社会科学家（后更名左翼社会科学工作者）联盟，而非左翼作家联盟的负责人。这个联盟，位于左翼文化总同盟旗下跟"左联"有关系的七个团体联盟分支之首，其他分别是左翼戏剧家联盟、左翼美术家联盟、左翼新闻记者联盟、左翼世界语联盟、左翼电影家联盟、左翼教育工作者联盟。

在人们过往的传统印象里，"左联"，就是以鲁迅为代表的那一批刀笔如椽、铁肩担道义的作家们。人们在从事文牍查阅的时候，耳闻目睹，更多的还是那些前人所遗留的、跟革命有关的诗文或影像。所以无形中，增加了二者辨析上的难度。实则，在当年的上海滩，有无数像陈处泰这样的青年职业革命者，从理论到实践，同样夙夜斗争，肝胆相照，冒着随时失去生命的危险在为打碎旧体制、建立新中国奔走与呐喊。

陈不柔老人口齿疏朗，表述清晰，有着跟年龄不太相符的记忆力。她的声音透着很足的中气，仿佛穿越时空，徐徐推开了一组组影像画面，其间蒙太奇般的衔接和过渡，都如此自然。

"父母按民间的说法，应属于指腹为婚。两家原本是表亲啊，当年走亲戚，双方约定了，不管哪家生男或生女，就亲上加亲。后来金家的孩子先生了出来，是女孩。好呀，陈家就赶紧把鞭炮彩礼送过去，说是引男孩。后来，果然生了男孩。两家便结了儿女亲家。母亲很贤惠，但封建社会女子地位太低了，没念过书。小时候，常听母亲讲，父亲早年参加过闹学潮，曾经跟蒋介石当面辩论，很让他下不来台呢。后来，上面要抓以父亲为首的一批同学。父亲躲到家乡教书，军警就直接到宝应去追捕……"

陈不柔老人慢慢讲述着，语气沉静，面目安详，就这样一点点陷入了回忆。

陈处泰在上海的革命生涯，当时尚在襁褓中的陈不柔当然并不知晓。女儿关于父亲陈处泰零星的记忆，许多都源自她的母亲，那位祖籍宝应，后来去上海谋生的纱厂女工金书。

1937年陈处泰烈士就义时，女儿陈不柔只有五岁。

五岁，正是在父母怀中欢笑，或者抱着爸爸的膝盖撒娇的年龄！斯人一去，从此杳如黄鹤，成为家族中的一个传说，妻子日夜的念想，女儿人生履历中的一个符号。此后余生，思念、伤痛，间杂着荣耀和太多的坎坷，欲说还休。

谈到父亲的牺牲，陈不柔老人说，是被排枪扫射后，推到镪水池里的。"父亲身陷囹圄后，被打断了双腿，还患着肺病。但他很坚强，跟他有关的地下组织，一个都没有遭到破坏……"短短几句话，勾勒出一幅革命者凛然赴死的场面。这里有淋漓的热血，有躯体之痛，有荼毒生命的人性之恶，更有信仰的执守。其中的每一个细节，都涂抹着大革命时代背景下的特殊底色。而此后，不管何种原因，它每一次被提及，都无异于重新撕开随着岁月流逝已经慢慢平复乃至愈合的疮痕，使人感慨万千，心痛难抑。

革命战争年代的回忆，有时是非常残酷的。陈不柔老人在讲述中，多次哽咽。她低着头，极力压抑自己的情绪。这时候，对于一位八十七岁的老人而言，任何安慰都是多余的。父亲给了她生命，但父亲的生命，在她记事伊始就从这个世界上消失了。但他真的消失了吗？她后来的路，和她弟弟所走的路，难道不正是一步步沿着父亲的引领朝前走的吗？

……

吴江陈家的墙壁上，挂着陈处泰烈士的影像。父亲，在女儿陈不柔心目中有着至高无上的地位，既是她的精神支柱，也是他们家族的精神图腾。

陈不柔的长子陈依工教授，对陈处泰烈士的革命生涯多有研究。早年，他曾经在妈妈的箱子底见过外公的画像，还有一些笔记。对于画面上的人，他当时感到很好奇，看着这人的鼻眼，会去琢磨这个人跟自己的关系。那或许是一种血脉的感应。陈依工后来才知道，那是自己的外公。遗憾的是，随着时光的流逝，许多资料、图片都散失了。后来，他到国防大学读书做学问，就是为了探求军事规律。他认为那也是社会发展规律一部分。谈到外公陈处泰对他的影响，他认为更多的是体现在父辈那代人，比如母亲身上。那些深入脑海中的形象，只有从和他们共事的幸存者身上去寻找。比如金求真、陈处舒、华克之……每一个名字的背后，都有一长串的故事，与红色革命生涯有关的故事。

对于革命先烈的执守和付出，陈依工认为，外公陈处泰当年之所以报考上海法政学院，是基于对马克思主义理论深刻的研读，他对于共产主义理论的认识是系统的。在那个年代，他们属于最早的觉悟者，系统地研究过马克思的《共产党宣言》，还有英文版的《资本论》，能清楚地认识到社会的运行规律。所有这些，都是他对于共产主义理解并接受的前提。中共早期的革命先驱，多数家学渊源，有着很深的文化造诣和学养。这使得他们一旦形成信仰，就很难改变。陈依工个人觉得，真正的马克思主义者，对社会发展大势、对历史规律的认识，都有着明确的思想体系，只有这样，才能坚定自己的事业，在挫折中看到历史的必然，不会因为局部的歧路而迷茫。

这是一位新时代红色英烈后人所给出的答案。

这份答案，有理论上的，亦有实践上的。看得出，陈处泰烈士生命和精神上的双重脉络，都在这位后人身上留下了明晰的承续基因。他的侃侃而谈、谦和有礼、沉稳旷达，无时无刻不让人联想起八十多年以前那位投身革命、浴火重生的热血青年。

当年参军的时候，陈依工特地带走了母亲送给他的一枚渡江胜利纪念章，也带走了外公陈处泰传承给他的巨大精神财富。

2007年5月，他在上海服役时，曾经带领30位大校到雨花台祭扫烈士墓；2009年4月，上海"中华魂"纪念活动，他作为代理海军上海保障基地的副司令，又带着海军官兵一起到雨花烈士陵园参观学习，教育大家珍爱和平、居安思危，并提出了"一加六加三"国防教育系列教材建设方案。陈处泰烈士的传记《浩气长存》撰写、出版时，他曾就文本的提炼、撰写提了一些意见。作为先烈后代，他认为应该踏着先烈的遗迹，以红色接班人的身份继续走革命道路。

这些年，他就是这样披星戴月走过来的：当过工人，入伍后参加过黄河抢险，曾在老山猫耳洞冒着炮火和敌人咫尺对峙……风雨跋涉，堪称励志。在陈家提供的相关资料里，有他本人的多部著述。其中《军事后勤——走向世界的追问》后记中写着这样一段话："在和平发展、合作共赢的大潮流下，我们这一代军人，不仅要学会战斗，更要学会合作，既要能够在多维烽火战场上与敌人短刀相见，也要能够在军事合作舞台上与对手握手言和，由此，我对国际军事合作和军事后勤迈出国门的思考，欲罢不能。"

看得出，尽管时空转换，历史已经掀开了新的一页，但作为陈处泰英烈的后人，他们依然沿着红色信仰旗帜的指引，坚定地行走在探求理论与实践有机结合之道的路上，这与当年大革命时代陈处泰那批早期革命者的探索，同出一脉。

告别时，谈到留给儿女们"奋发、坚强、真诚、宽容"的家训，陈不柔老人细说由来，语重心长：

"这个墙上的条幅，是 2008 年写给每个孩子，并与他们共勉的。那年是清明节，我参加了南京雨花台缅怀烈士活动，心情一直难以平静。 我的父亲和父辈们，为了国家民族独立，甘愿抛头颅洒热血，英勇就义；我的许多战友，为了全中国的解放，前仆后继，牺牲在渡江战役的火线上。 我的孩子都是生在新中国长在红旗下，怎样勉励他们为了国家富强文明多做些贡献呢，最终在我脑海里形成这八个字：奋发、坚强、真诚和宽容。 这八个字即有对革命先辈精神的继承，也有我一生坎坷经历的总结，当然更有对孩子们所走人生之路的严格要求。"

……

是的，那是一条多少代人前赴后继的跋涉之路。 攀爬，求索，荜路蓝缕，前面的人倒下了，后面的人又不断跟上去，迎着东方天际线那一轮喷薄欲出的朝阳。

附 录

一、陈处泰烈士年表

1910.1—1920.8，出生于宝应贾家巷陈氏老宅，就读于家塾。

1920.9—1923.7，毕业于宝应安宜高等小学校。

1923.9—1927.7，毕业于江苏第六中学（即江苏省镇江中学）。

1927.8—1928.3，任南京一书店店员。

1928.4—1928.11，安徽大学预科社会学专业学生，为安庆学潮的组织者、领导者之一。

1928.11—1929.2，任宝应县第三小学代课教师。

1929.2—1929.8，在上海西区组织工人读书活动。

1929.9—1933.7，毕业于上海私立法政学院，获经济学士学位。加入中国社会科学家联盟，从事工运、学运组织工作。

1933.8—1935.5，加入中国共产党，任"社联"常委、联络员、党团书记。

1935.6—1935.11，为新"文委"主要成员，任"文总"书记，兼任"社联"党团书记。

1935.11—1937秋，在上海被捕，后转押于南京宪兵司令部看守所，"七七"事变后牺牲于雨花台。

二、亲友回忆及烈士相关认证材料（摘录）

1. 陈处舒致宝应县委县政府的感谢信

尊敬的宝应县委、县政府各级领导：

你们好！我是陈处泰烈士的妹妹陈处舒，现年九十一岁，是中纪委机关的一名离休干部。陈处泰烈士为革命英勇献身的事迹，深深地感动着我。我对哥哥的感情至深，为寄托对大哥的缅怀之情，家中一直挂着他的遗像；每逢我的子女到南京或者上海办事，我都要求他们到雨花台和龙华去悼念他们可敬可亲的舅舅。

在陈处泰烈士百年诞辰之际，我眷念的家乡的党政领导和人民，要为陈处泰烈士举行纪念会，使我非常感激！这不仅表达了我们大家崇敬陈处泰烈士的共同心愿，也将拓展家乡社会主义精神文明建设的主题。陈处泰烈士那种追求真理、忠于革命、不畏艰险、勇于牺牲的革命精神，值得我们及子孙后代永远学习。

我因年事已高，行动不便，不能亲自参加陈处泰烈士的百年纪念活动，谨写此信，向家乡的党政领导和父老乡亲表示万分的感谢！愿烈士们英名永存！预祝纪念活动圆满成功！祝愿家乡父老乡亲身体健康、事业发达、生活幸福、家庭美满！

此致

敬礼

陈处舒敬上
2010 年 12 月 15 日

2. 陈不让《关于我父亲陈处泰早期参加革命斗争及牺牲的一些情况》

我父亲陈处泰，又名陈处慈、陈惆子、陈成等。1909年生于宝应，1937年牺牲于南京，是中共党员。

1929年以前在安徽省安庆大学读书。当时日寇已经入侵，而国民党蒋介石对外屈膝投降，对内实行残酷镇压。在这民族生死存亡的关头，我父亲陈处泰和其他工农群众、革命知识青年一起，在党组织领导下，走上革命征途。这时，我父亲因为带头参加学生运动，要求抗日，遭到国民党蒋介石的通缉。这段情况，听说刘丹同志（现在浙江大学任副书记）是同学，比较了解。

回到宝应后，在实验小学带课。不久国民党反动派派了些人来宝应搜捕。经过亲属和朋友的掩护，逃到南京、上海等地，继续参加斗争。关于这段历史，现在宝应县氾水中学任工友的骆顺兴同志写有个材料（骆又名小顺子，是当时实小的工友。1973年3月，我姑母陈处舒到氾水向骆了解，骆写了陈述材料，现附上）。

据我母亲全书等回忆，约5月左右的某天下午，我父亲带学生画画去了。当时的校长及和我父亲要好的朋友对此怀疑，学校也一般化，怎么会来"省督学"呢？随即通知我父亲躲避起来，并向我家里报了信。晚上虽然有一两百个特务包围了住所，并持有蒋介石的手令，四处搜捕，家乡被包围监视了好几天，后来将我家曾祖父陈务人的一幅得过奖的画送给伪县长，才算了结。

据说，起初到南京，担任《东南通讯社》记者，主要是反蒋抗日宣传。当时社长张思明，记者还有张凌青（现在上海历史研究所），内勤张玉润（现在北京自然博物馆）。

不久，转到上海，在上海法政学院政治经济学系读书（名字叫陈成），同时继续参加反蒋、抗日的斗争（名字叫陈惆子）。以后参加上海左翼文化总同盟，简称"文总"，当时负责的有周扬等人。"文总"下设"社联""左联""教联"等。有人说我父亲是"社联"的负责人之一，也有人说他是"文总"的负责人之一。1935年秋父亲在上海被捕，1937年牺牲于南京。

据介绍，在上海时一起工作的同志有陶白（可能已调中央党校）、邓洁（陶的爱人，现在扬州苏北师院任副书记）、马纯古（现在全国总工会）、张凌青、徐平羽（北京）、金刚人（复旦大学）、李凡夫（安徽省委）、陈怡（李凡夫爱人）、许涤新（中央经委）、张修（华东师大）、何宝华（武汉大学）、王汉（三门峡）、居荟明（安徽省委、宝应人），等等。

1968年4月24日上海师院周玉琴、倪逢婷两位同志来吴江了解我父亲在上海活动情况，并说起我父亲已在南京牺牲。根据没有讲，估计她们是调查上海地下党组织情况的。

1974年4月，我舅父金求真（北京全国总工会）来信讲："关于弄清你父亲的历史问题，这事我一直很注意。在'文化大革命'初期（1967年），有人向我外调邓洁和你父亲的关系问题，这事我也说不清。从外调人谈话中，说及您父亲是由马纯古、许涤新介绍入党的，后来我有些事找了马纯古，马说：约在1934年，您父亲由许涤新介绍给他，那时已是党员，不存在介绍入党问题。马不承认介绍您父亲入党，说您父亲当时表现很好，但对您父亲如何被捕，以及被捕的情况，则一点也不知道。马是当时'社联'的负责人。"

1974年4月，我在南京招待所见过邓洁同志，请她介绍情况，她说："你父亲是共产党员，是'社联'的负责人，我当时受他领导。因为那时年幼，又是单线联系的，详细情况也说不清楚。大家认为你父亲表现很好，他被捕后，地下组织没有遭到破坏，他没有出卖过同志。"上面讲的在上海时的一些同志的名字，大部分是邓洁同志提供的。

1972年3月2日，我姑母陈处舒来信介绍："1953年在武汉中南局宣传部找到一个同志（注：以后信中告诉我叫陈怡），她同你爸爸是一个支部生活的同志。她说：'当时，我是你哥哥支部的一个小组长，你哥哥是支部书记，你哥哥是个好哥哥，是很坚强的，我们现在活着很好，到现在我们还想念他。'"

"文革"初期，我舅母陈子炎（现在北京全国妇联）到贵阳外调，在档案中发现伪国民党宪兵司令部看守所长姚儒栋的交代："陈悯子是1937年七七事变以后，蒋介石从南京撤退之前，被'首都卫戍部命令枪决'的（姚犯于1934年至1939年任南京宪兵司令部看守所长，参与杀害进步人士达百人，1951年11月16日被贵阳市军管会军法处判处死刑）。"

烈士纪念馆筹建小组的同志，反动派杀害了我的父亲，但不能扑灭革命的火焰。我的父亲倒下了，更多的人站了起来。正如伟大领袖毛主席指出的："中国共产党和中国人民并没有被吓倒，被征服，被杀绝。他们从地下爬起来，揩干净身上的血迹，掩埋好同伴的尸首，他们又继续战斗了。"……回忆过去，更加感到胜利来之不易，更加感到责任重大……在党的阳光抚育下，我要继承先烈遗愿，继续革命一辈子，做一颗永不生锈的螺丝钉。

陈述人：陈不让
1978年4月2日于吴江

3.《关于陈处泰同志早期参加革命活动及牺牲情况的调查报告》

我县在筹建革命烈士纪念馆时，对本县早期党的组织活动情况做了一些初步的调查和了解。在调查过程中，曾有人反映陈处泰同志是宝应早期从事党的工作者之一。后于1979年8月收到吴江县体委陈不让同志的来信，要求追认他父亲陈处泰同志为革命烈士。1980年2月又收到省委组织部转来胡乔木同志的信函。指示我们对陈处泰同志的问题要趁当时他的战友还在的时候调查清楚。根据中央领导同志和省、地委组织部门的指示精神，及其亲属的要求，我们在县委的直接领导下，从今年3月开始，又组织人员进行了认真的调查了解。现将调查情况综合汇报如下：

陈处泰同志，又名陈悯子（望之）、陈开泰、陈处慈、陈成。男，1909年出生，系江苏省宝应县城镇人。

一、参加共产党的情况

根据调查证实，陈处泰同志确于1934年六七月间，在上海"社联"时，经许涤新同志等介绍入党。其证据是：

1. 据中国社会科学院副院长、原"社联"党团书记许涤新同志证明："1934年6月、7月间，在上海'社联'时，介绍陈开泰同志（即陈处泰）入党的介绍人，是我同马纯古二人。马纯古同志当时是'社联'党团同志之一，中共党员，解放后长期是中华全国总工会的领导成员，又是全国人民代表大会常务委员会委员，于去年逝世。"（见证明材料第2页）

2. 据全国总工会金求真同志反映："1933年我经陈悯子介绍参加'社联'，当时我知道他是'文总'负责人之一。马纯古同志曾告诉我，陈悯子是许涤新同志介绍给他的，当时已是中共党员了。"（见证明材料第11页）

3. 据中央司法部顾问、原"社联"党组成员王翰同志回忆介绍："1934年秋，我参加我党领导的'社联'（全名是'社会科学者联盟'）的党团（即党组），陈处泰也是党团的成员，这个时候我才认识他。""我参加'社联'党团不久以后，党团书记林伯修（杜国庠，已故）因江苏省委被破坏而牵连被捕。继任书记的是许涤新。许不来参加党团会议，任陈处泰为联络员。1935年2月许涤新被捕。'文委'（党的白区文化工作委员会）也被破坏，这时'社联'党团失去上级（领导），独立进行工作，陈处泰由于原来是联络员，这时成为党团的事实上负责人。""1935年6月前后，'文委'所属各个联盟的党团负责人，自行集会，选举出以周扬为首的新'文委'……陈处泰也是'文委'的主要负责人之一，同时正式兼任'社联'党团书记。""1935年秋，陈处泰同志被捕前夕，'社联'党团成员为陈处泰、李凡夫、胡乔木、王翰共四人，陈为书记。"（见证明材料第5、第9页）

4. 据安徽省政协副主席、原"社联"党团成员李凡夫同志介绍："1934年至1935年期间，我与陈开泰在社会科学联盟共同参加党团活动，当时许涤新同志代表'文委'领导'社联'党团。"（见证明材料第10页）

5. 据其妹妹陈处舒同志（原在中央卫生部工作，现退休住北京）于1972年3月2日写信介绍：1953年在武汉中南局宣传部曾找到当时与陈处泰同在一个支部生活过的陈怡同志（系李凡夫同志的爱人）。陈怡同志说："当时，我是你哥哥支部的一个小组长，你哥哥是支部书记。你哥哥是个好哥哥，是很坚强的，我们现在活着很好，到现在我们还想念他。"（见证明材料第22页）

6. 据其子陈不让反映，1974年4月，他在南京招待所见过邓洁同志（陶白同志的爱人，现在中央党校工作），邓说："你父亲是共产党员，是'社联'的负责人，我当时受他领导。因为我当时年幼，又是单线联系的，详细情况也说不清楚。"（见证明材料第21页）

二、被捕情况

根据多方面调查，陈处泰同志确于1935年11月间，因刺汪案牵连，在上海北四川路新亚酒店不幸被捕。其具体证明如下：

1. 据中共中央直属西苑机关张建良（即华克之，刺汪案件的组织者之一）回忆介绍："时在1935年11月1日，南京晨光社记者孙凤鸣烈士'刺蒋介石不成误伤了汪精卫'一案爆发后，相当长的时间内，南京、上海两地在严厉的白色恐怖之中，蒋帮中军统部出动侦查，晨光社的同志先后被捕。有关无关的人士被株连的百数十名之多，陈悯子同志也是其中之一。……以后据闻，王仁山陪同崔正瑶到了上海（王是我私人朋友，崔是孙凤鸣夫人）暂寓北四川路新亚酒店，悯子路过，便中访问。当时适叛徒谷紫峰被捕自首供出王、崔住址，突击搜捕，悯子不幸误被网罗。"（见证明材料第13页）

2. 据王翰同志回忆介绍："1935年10月，南京发生刺汪案，牵连被捕多人。国民党报上登载，暗杀集团的成员中有'社联'的成员。

于是'社联'党团询问陈处泰。他交代如下：这个组织的目的是反蒋抗日。……这个组织的首领大概叫华克之，也是宝应人，是他的青年时代好朋友，一直保持友谊联系。他认为华克之等人（当时）虽然不是马克思主义者，但也是革命的，支援他们对我党有益无害，从'社联'去两个人支援这个组织，是他调去的，是由他自行决定，还是由林伯修或哪一位领导人同意，我已记不清楚。'社联'党团一致批评陈处泰，指出他的行为是盲动主义的。在'社联'党团批评陈处泰的不久之后，忽然发现他有几个约会未到，我们怀疑他被捕了。随后上海的国民党报纸上发表了'共党文总'的负责人陈望之被捕的消息。……后来据说，刺汪案发生以后，华克之即去巴黎避风，派一女人携带巨款由法国回来营救被捕者，被国民党发觉。这女人到上海找过陈处泰或陈处泰到旅馆去和这女人见过面，因而使陈处泰牵连被捕。"（见证明材料第6页）

3. 据李凡夫同志证明："'社联'里面分区，我负责沪南区，陈开泰负责沪西区。……一次与陈开泰相约不遇，估计发生新情况，（我）搬家不久，听说他被捕了。"（见证明材料第10页）

4. 据金求真同志反映：陈处泰同志"1935年由于刺汪案件的牵连被捕，当时报纸上（可能是《申报》或《新闻日报》）登载过他被捕的消息"。（见证明材料第11页）

三、牺牲情况

经调查证实，陈处泰同志是在1937年"七七"事变以后，被国民党反动派秘密杀害于南京。陈处泰同志从被捕后到牺牲前，虽遭敌严刑拷打，但仍坚贞不屈，没有给党组织和其他同志造成任何损失，表现了一个共产党员的崇高品质。其具体证明是：

1. 经查阅贵州省公安厅敌档中历史反革命姚儒栋（原伪国民党宪兵司令部看守所长，1951年11月被镇压）的材料，该犯于1951年6月2日交代："1936年政治犯有文化人田汉、阳翰笙等，嗣经保释，迨于1937年七七事变，南京（国民党）撤退时，关于刺汪精卫案（名刺

汪案）孙凤鸣的党羽陈惘子等二十四人……均经首都卫戍部命令枪决（全部姓名记不清）。"（见证明材料第15、16页）

2. 据张建良同志回忆介绍："惘子不幸误被网罗，由上海公共租界协助解入南市蒋帮的公安局特务组织，遭到五刑严讯，体无完肤，惘子始终坚贞不屈，严正声明，与此案无关。在他领导和联系的党的关系十余处，一无牵连。……数月后，某日昏夜中，起解南京，偶与张玉华相遇于铁甲囚车中，在许多酷吏监视下，全夜只说了两三句话，惘子说：'两腿受刑已被折断，但我什么都没谈。'（那时他已不能行走，抬着上下车的。）到南京后，复被分别监禁，一别遂成千古。以上情况……在贵阳狱中，释放了张玉华'出狱就医'。张玉华绕道重庆回沪后，辗转找到了我相告的。（张玉华是晨光社总务主任、实际负责人，于1952年在上海病故。）惘子同志身体遭到重大折磨，久病狱中，根据我的好友张子羽同志从军统方面得来的消息，从张玉华出狱后和我的估计，惘子是在'七七事变'后，蒋帮撤离南京前夕，与一大批政治犯一同被蒋帮杀害于南京。"1960年深秋，张建良同志为纪念晨光社二十五周年，曾作诗一首痛悼陈惘子同志，公安部审查时全文通过。（见证明材料第13、14页）

3. 据王翰同志证实："陈处泰被捕以后，他所知道的众多的地址和人名，有的可以搬家，有的不能搬家的，一概没有发生任何破坏。由此可以证明，不独陈处泰同志的忠贞，没有可疑之处，而且他的被捕也是偶然事件，他被捕之前，他并未被敌人追踪。据说陈处泰同志被捕后自称与刺汪案无关，敌人说：知道你与刺汪案无关，但你是上海共产党'文总'的领导人。敌人对陈处泰的态度和对林伯修、许涤新、田汉、阳翰笙等人的态度大不相同。敌人把后面这一批人看成是学者文人，而把陈处泰看作是常（党）务工作者。""关于陈处泰同志就义的准确时间及详细经过，现在查不清楚。……一般认为陈处泰同志是在1937年南京沦陷前夕，和释放政治犯同时被杀害的。所以档案也很难保存下来。……既然有人证明1936年春在南京看见陈处泰同志

（被）打断两腿，那么陈处泰同志已经牺牲，当无疑义。"（见证明材料第6、7、9页）

4. 据李凡夫同志证实："陈处泰被捕后，我们组织没有被破坏，我也没有被捕，这说明他被捕后还是好的。"（见证明材料第10页）

5. 据邓洁同志对陈不让同志说："大家认为你父亲表现很好，被捕后，地下组织没有遭到破坏，他没有出卖过同志。"（见证明材料第22页）

6. 据金求真同志反映："他被捕后，外面未受到任何破坏。陈扬同志曾跟陈处泰关在一起。陈扬跟我说过，陈憪子受刑很重，很坚强。后来陈处泰确实牺牲了（这可以到南京查）。1945年宝应第一次解放后，经地委组织部部长陈扬同志批准，陈处泰的妻子曾领过烈属粮。"（见证明材料第11页）

四、参加革命活动情况

根据在调查了解中所获知的片段情况，陈处泰早期参加的革命活动是：

1. 1927年在安庆大学读书，曾参加学潮（当时是否参加过什么组织不清楚），因敌人搜捕后暂回宝应，在宝应三小（实验小学）做了一段时间的图画教师。后在1928年秋，安庆又派六军100多人来宝应追捕他，当时由于教工骆顺兴（又名小顺子，现在宝应县氾水中学工作）暗中帮忙，将敌伪军警带至另一住处，而使陈处泰同志得以脱险，第二天剃了头，穿了草鞋，化妆挑水的走了。不久遂转上海，在法政学院读书，参加抗日救亡活动，搞了一个"春申"书店，还写过进步书籍《经济学大纲》《国际关系之现状》。不久书店被封，书也被没收。1932年上海"一·二八事变"，许多工作要做，他一早就出去了，工作很紧张，后正式参加革命组织，是30年代的优秀共产党员。（见证明材料第11、17、20页）

2. 1934年至1935年期间，陈处泰同志与李凡夫等人共同参加"社联"党团活动，曾组织过"社联"成员在街头贴标语，搞过飞行集会，办过一些刊物。1935年2月，许涤新同志被捕，"文委"受到破坏，白色恐怖愈来愈严重，当时有的人离开上海，有的人出国日本，陈处泰与其他同志在失去上级领导的情况下，坚决把局面维持住，进行独立作战，并根据第三国际出版的《国际通讯》（英文版）来指导工作。约于1935年6月，新"文委"成立后，陈处泰同志是"文委"的主要负责人之一，同时正式兼任"社联"党团书记。"文委"领导下的群众组织形式叫"文总"（左翼文化总同盟），下设"社联""左联""教联"（教育工作者联盟）等八大联。周扬、夏衍同志管左翼作家、戏剧等四大联，陈处泰同志管社会科学的四个联。陈处泰同志当时的表现是很好的，同国民党斗争很勇敢。（见证明材料第3、5、10页）

3. 1935年夏，第三国际七次代表大会以后，陈处泰同志与"文委"其他同志一同提出解散"文总"，另建广泛性群众团体以迎接抗日高潮的建议，以后有了上海各届救国联合会，以及全国各届救国联合会。陈处泰同志对此是大有贡献的。（见证明材料第7页）

鉴于陈处泰同志参加的革命活动多在外地，又处于早期，因此，对其全部的革命事迹还有待今后做进一步系统的调查。

综上所述，陈处泰同志早期参加革命活动，1934年6月、7月间加入中国共产党，1935年11月间在上海不幸被捕，1937年"七七"事变后被国民党反动派杀害于南京，均已确实无疑。根据国务院颁发的《革命烈士褒扬条例》第三条第四款规定精神，我们认为陈处泰同志应追认为革命烈士。

中共宝应县委组织部
宝应县革委会民政局
1980年7月18日

主要参考文献

1. 南京市雨花台烈士纪念馆烈士相关档案资料。
2. 韩厉观:《浩气长存:陈处泰烈士传》,中共党史出版社,2013年。
3. 孔海珠:《左翼上海(1934—1936)》,上海文艺出版社,2003年。
4. 韩厉观、陈立平:《华克之传奇》,江苏人民出版社,1992年。
5. 上海市地方志办公室、上海市历史博物馆:《民国上海市通志稿》,上海古籍出版社,2014年。
6. 南京市地方志编纂委员会办公室:《南京通史》(民国卷),南京出版社,2011年。
7. 《宝应县党史资料第九辑》,1986年10月。
8. 陈依工:《军事后勤——走向世界的追问》,军事科学出版社,2015年。

雨花忠魂·雨花英烈系列纪实文学

《流火：邓中夏烈士传》　　　　　　龚　正 著
《落英祭：恽代英烈士传》　　徐良文　于扬子 著
《去留肝胆：朱克靖烈士传》　　　　王成章 著
《夜行者：毛福轩烈士传》　　　　　周荣池 著
《残酷的美丽：冷少农烈士传》　　　薛友津 著
《爱莲说：何宝珍烈士传》　　　　　张文宝 著
《飙风铁骨：顾衡烈士传》　　　　　邹　雷 著
《碧血雨花飞：郭纲琳烈士传》　　　张晓惠 著
《"民抗"司令：任天石烈士传》　　　刘仁前 著
《青春永铸：晓庄十烈士传》　　　　蒋　琏 著

《文心涅槃：谢文锦烈士传》　　　　周新天 著
《丹心如虹：谭寿林烈士传》　　　　刘仁前 著
《云间有颗启明星：侯绍裘烈士传》　唐金波 著
《风向与信仰：金佛庄烈士传》　　　李新勇 著
《栽种一棵碧桃：施滉烈士传》　　　蒋亚林 著
《雄关漫道：陈原道烈士传》　　　　杨洪军 著
《忠贞：吕惠生烈士传》　　　　　　辛　易 著
《红骨：黄励烈士传》　　　　　　　雪　静 著
《热血荐轩辕：李耘生烈士传》　　　张晓惠 著
《世纪守望：徐楚光烈士传》　　　　李洁冰 著

《以身殉志：邓演达烈士传》　　　　王成章 著
《逐潮竞川：孙津川烈士传》　　　　肖振才 著

《生命的荣光：朱务平烈士传》　　　　　吴万群 著
《信仰无价：许包野烈士传》　　　　　　裔兆宏 著
《金子：杨峻德烈士传》　　　　　　　　蒋亚林 著
《血花红染胜男儿：张应春烈士传》　　　李建军 著
《青春祭：邓振询烈士传》　　　　　　　吴光辉 著
《任凭风吹雨打：罗登贤烈士传》　　　　龚　正 著
《红灯永远照亮中国：吴振鹏烈士传》　　曹峰峻 著
《青春的瑰丽：陈理真烈士传》　　　　　薛友津 著
《长淮火种：赵连轩烈士传》　　　　　　王清平 著
《青春绝唱：贺瑞麟烈士传》　　　　　　刘剑波 著
《逐梦者：刘亚生烈士传》　　　　　　　李洁冰 著
《抱璞泣血：石璞烈士传》　　　　　　　杨洪军 著
《新生：成贻宾烈士传》　　　　　　　　周荣池 著

《血色梅花：陈君起烈士传》　　　　　　杜怀超 著
《文锋剑气耀苍穹：洪灵菲烈士传》　　　张晓惠 著
《红云漫天：蒋云烈士传》　　　　　　　徐向林 著
《在崖上：王崇典烈士传》　　　　　　　蒋亚林 著
《生死赴硝烟：夏雨初烈士传》　　　　　吴万群 著
《八月桂花遍地开：黄瑞生烈士传》　　　辛　易 著
《英雄史诗：袁国平烈士传》　　　　　　浦玉生 著
《青春风骨：高文华烈士传》　　　　　　吴光辉 著
《魂系漕河四月奇：汪裕先烈士传》　　　赵永生 著
《犹有花枝俏：白丁香烈士传》　　　　　孙骏毅 著

《向光明飞翔：朱杏南烈士传》　　　　　梁　弓 著
《长虹祭：陈处泰烈士传》　　　　　　　李洁冰 著
《浩气长存：周镐烈士传》　　　　　　　胡继云 著
《山丹丹花开：胡廷俊烈士传》　　　　　杜怀超 著
《铁血飞雁：赵景升烈士传》　　　　　　陈绍龙 著